过士行 著

我和鱼，还有鸟

中 华 书 局

图书在版编目(CIP)数据

我和鱼,还有鸟/过士行著. —北京:中华书局,2015.10
ISBN 978-7-101-10301-4

Ⅰ.我… Ⅱ.过… Ⅲ.散文集-中国-当代 Ⅳ.I267

中国版本图书馆 CIP 数据核字(2014)第 154716 号

书　　名　我和鱼,还有鸟
著　　者　过士行
责任编辑　何　龙
出版发行　中华书局
　　　　　(北京市丰台区太平桥西里 38 号　100073)
　　　　　http://www.zhbc.com.cn
　　　　　E-mail:zhbc@zhbc.com.cn
印　　刷　北京天来印务有限公司
版　　次　2015 年 10 月北京第 1 版
　　　　　2015 年 10 月北京第 1 次印刷
规　　格　开本/880×1230 毫米　1/32
　　　　　印张 9¼　插页 2　字数 150 千字
印　　数　1-8000 册
国际书号　ISBN 978-7-101-10301-4
定　　价　36.00 元

目　　录

我和鱼，还有鸟

少年时代

插队的日子

从学徒到记者

我和<u>鱼</u>，还有鸟

我和鱼

"我和鱼"这个题目我想了好久，只能这样笼统地命之，不宜太细。如果太细反而易起歧见。比如我和鲫鱼，显得有点诡秘；我和鲤鱼又有点伪深沉；我和鲸鱼有点欺世盗名；还是我和鱼吧。

我和鱼打交道可以分为三个阶段。一个阶段是少年时期，那只是一个童戏阶段。一个阶段是青壮年时期，那是一个启蒙时期。最后是现在的步入老年时期，也是最用心的时期。三个阶段的体会都有不同。鱼改变了我的人生轨迹。

初次钓鱼是我十三岁的时候，上世纪"文革"刚刚开始，社会上轰轰烈烈地闹革命，街头上到处贴的都是标语，红卫兵四处砸东西。我所在的小学也不进行毕业考试，也不参加中考，就停课了。先是内心狂喜，因为终于可以不必为考试成绩担忧了，因我的算术实在是一塌糊涂；继而开始烦恼，究竟革命到什么时候为止呢？人其实是耐不了无事可做的，不用读书不用上学，也看不见同学，无聊极了。当然也有同学为补贴家用就去捡破烂了。我家尚能过得去，可以不必与那些孩子争垃圾。而住同院会钓鱼的小朋友大鹏拉我去钓鱼。他的父亲是典型的旗人之后，钓鱼打猎样样在行，大鹏也就学会了钓鱼。我们去的地方是什刹海。那时候前海有不少人游泳，后海清静得像世外桃源，远不像现在酒吧林立，莺歌燕舞。

坐在银锭桥前，杨柳树下，把短小的鱼竿伸向绿水，忽地一下就有了感觉。虽然那天造化弄人，想钓鲫鱼却上来的都是青虾，可还是着了迷，就是这一天注定了我后来早晚还是要坐回水边的吧。

那段时间一星期要去个一两次，在家把棒子面、白面和好，上屉蒸熟后，把人都舍不得用的香油倒上几滴，鱼饵就做好了。有时也用水管子附近地下的红蚯蚓，我家的院子很给钓鱼人面子，红蚯蚓什么时候挖什么时候有。好像用面食很少钓上来过鱼，倒是用蚯蚓可以钓上青虾，有一拃长。引得一些想吃虾的人不停来问如何才能钓虾而不钓鱼。世间就这么奇，你想要的它不给，你不要的它偏来。好在小孩没什么目标，赶上什么是什么，自然界的一切都让他兴奋不已。一天下来，虽不过三五只虾，可油煸之后齿颊留香。那时尚不知道如佐以杯中物更是味美。不多久家里有了意见，说咱家的油不够了，能不能不放油？那时每人每月只有半斤花生油供应，是凭票的。

后来嫌后海鱼少，便步行到动物园，从展览馆的铁栅栏翻进去，钓动物园池塘里的白条。狮虎山前的湖、鹿苑前的小河都是我征战的地方。先是没有人管，后来终于被捉，挨了一脚，没收了鱼线。因为不敢用竿，怕目标暴露，是把鱼线拴饵抛出，用手拉线钓浮。渔具没收后，钓鱼活动停止了。学校也复课闹革命了。没考试就都上了附近的中学，再不久都上山下乡去了。

少年时期的钓鱼是真正纯粹的游戏，临水必有茫然之乐，既不知道在什么位置下钩好，也不知道调漂，更不知道用多大的线组，可是把鱼线投入水中后就心花怒放，把一天的期待都押上了。只要鱼漂不动，就不抬竿，可以耗上几个小时。当然没有现在这么专注，经常走神，都是些儿童的胡思乱想，充满情节，大致也可以算是故事吧。再后来听说后海一带也不安稳，劫道的事情时有发生。我的小舅长我三岁，被人扒了一身新蓝军便服、一双白边懒汉鞋，赤脚裤衩儿回的家。革命和抢劫总是同时发生，就像鲤鱼和鲫鱼都吃饵一样。乱世中踏踏实实钓点鱼都难啊。

七十年代中期回到北京没地方钓鱼，净钓蛤蟆了。因为这篇文章说的是钓鱼，我就不谈那个了吧。钓鱼比钓蛙复杂多了。

再钓鱼的时候已然是一九八五年了。我在《北京晚报》当记者，跑戏剧口。一天，跑体育的女同事给了我一张采访全国第一次钓鱼比赛的请柬。她不想去，觉得不像其他竞技项目那样激烈，报道起来也没多大意思。我乐了，久违了，我的鱼！

比赛在通县，那时还称县不叫州。张家湾渔场彩旗飞舞，人头攒动。几百号选手按手竿、海竿分坑排开。再看他们用的家伙，我傻了。没见过。全是一水的玻璃钢竿（树脂加玻璃纤维），可以伸缩，退回去是一节，抻出来是好几节，构造就和拉竿天线一样，比竹子的又结实又轻。在阳光下，这些竿子熠熠生辉。海竿还有各式各样的轮子，可以把线打得很远很远。放长线钓大鱼嘛。这场比赛下来，我对海竿钓鱼发生了浓厚的兴趣。看见选手们把三五斤重的草鱼一条条拉出水，想想小时候钓的半两重的小鲫鱼，真是天上地下。

钓鱼比赛完了就是全国钓具展销，人比钓鱼比赛的还多。日本渔具最受欢迎，可是不是低收入的人玩得起的，动辄几百上千。那时候像我这样年纪的人一般的月收入是四十几块。买好的是休想了。我看中了台湾出的一种带轮子的一米五海竿，十五块钱，我买了两支，一大半工资没了。兴奋得我一宿没睡，拉出来、缩回去地比划这支竿子，轮子摇得吱吱响。这对心爱的家伙受到行家的嘲笑，说是哄小孩玩的，尤其那轮子，连轴承都没有，如果上大鱼必误事。

有了工具才知道鱼不好找，野钓没戏，池塘钓得上养鱼池。谁买单啊？于是只能和神通广大的钓手搭伙。他们走各种关系，许诺给鱼塘赞助，来换取钓鱼。有了渔场还得有车，钓手们就跟部队的老干部联系，他们没有渔场，但是有车，这边有渔场没车，于是一拍即合。我也不明白他们为什么带我去，我是既没车也没渔场，还没技术，还得车接车送。可能是在媒体工作的原因吧。

我先后跟两位老红军钓过鱼,一位是铁道兵徐副司令员,一位是装甲兵唐司令员。这两位都是大好人,不过口头禅都是"枪毙了你!"一般用在警卫员身上,大多是换饵不及时、抄跑了鱼的时候。警卫员只是乐,他们知道谁也不会被枪毙。我这才知道,他们钓一次鱼从准备到出发,到占领有利位置,再到剿灭一条大鱼,完全是按仗打的。和平年代的将军该有多么寂寞啊。

还有很多时候没有鱼钓,我就看书,《中国钓鱼》杂志成了我的必读物。有一段时间我都想调到那里去做编辑。他们的编辑可以全国钓鱼,到处都有人招待。可是我被婉拒了。什么原因不知道,后来听说只有体委的子弟才能去那里工作,才知道地盘早已划分了。我还梦想过帮渔场钓鱼,做一个职业渔夫。跟家里商量没有一个人同意。当然渔场也没有这样的工作岗位,倒是附近农贸市场卖鱼的缺一个宰鱼的帮手,我当然没有去。

鱼为什么这么吸引人呢?我想首先是因为你看不见它,倘若水一眼见底,有多少鱼,有什么鱼,多大的鱼,吃没吃饵你都看得一清二楚,还有意思吗?未知的东西才对人有吸引力,人们在水边消磨一天就是想知道一下结果。这和人生一样,为什么年轻的时候再苦都不悲观,因为还不知道结果,总有希望。老年的时候再热闹也打不起精神来,他知道不过如此。

漫漫冬夜,河流湖泊都已封冻,池塘没法钓了,就在灯下抚摸着鱼竿,读些有关钓鱼的文字,想"独钓寒江雪"的蓑笠翁,一定是岸钓，而不是冰钓。如果是江面也封冻了，他就不会独守江边，一定到更远的地方去，凿几个冰窟窿，把钓丝垂下。我更喜欢唐诗里的"钓罢归来不系船，江村月落正堪眠。纵然一夜风吹去，只在芦花浅水边"，我渴望有一天，有了自己的住房，一定把卧室布置成芦苇丛，床就做成渔船模样，屋顶画满星斗。那时我女儿都一岁了，正是嗷嗷待哺的时候，我还是那么不切实际。有一天她们母女一起发着高烧，我依然抱着鱼竿跟着司令员跑了，因为我怕他枪毙我。上车以后才知道他也是打着给心脏病的老伴换氧气袋的名义跑出来的。

我单位的一个钓鱼前辈，借给我一本日本人写的怎样钓鲫鱼的书，是手抄的。别人读《曼娜的回忆》，我读《钓鲫》。这本书里的图都是手抄者手绘的，什么样的位置是鲫鱼爱待的地方，鲫鱼怎样吞饵，漂是如何送上来，鲫鱼吐出什么样的泡沫，春天在什么位置钓，夏天在什么地方钓，秋天在什么地方钓，晴天怎么钓，阴天怎么钓，说得一清二楚。我想过，这样一本书，为什么我们中国人不写呢？后来我想到，是出版界的问题，他们喜欢宏大主题，像这样讲究情趣的书出了也不会受到上级的奖赏。不知是也不是。

那时候没有录像机，更不要说互联网视频，只能从文字上去领会动作。而文字的表达终归有捉襟见肘的时候，就不知所云了。而且就是这样的文字也很有限，不久就读完了。于是再从文学作品、历史轶闻里搜寻。《老人与海》看完了，《白鲸》看完了，《北冥有鱼》看完了。也知道了姜太公、严子陵，连戏曲的《鱼肠剑》都看了好几遍。我觉得中国的关于鱼的作品，大都说的不是鱼，像洋人那样纯粹的太少了，于是我断定中国人钓不好鱼。要不怎么成语沽名钓誉出在这里呢。

《史记·齐太公世家》记载："吕尚盖尝穷困，年老矣，以渔钓奸周西伯……周西伯猎，果遇太公于渭之阳。"《括地志》载："兹泉水源出岐州岐山县西南凡谷。"《吕氏春秋》记载："太公钓于兹泉，遇文王。"唐代张守节引《水经注》注《史记》曰："磻磎中有泉，谓之兹泉，泉水潭积，自成渊渚，即太公钓处。"太公怎样钓鱼呢，直钩无饵，离水三尺，愿者上钩（《说苑》）。多少有点行为艺术，比之嵇康打铁又早了许多。偏偏就有爱看热闹的文王相中了他，君臣成就了周朝八百年基业。白居易说他是钓人不钓鱼。

其实姜太公也许真的是钓鱼，严格地说是钓甲鱼，也就是鳖。用缝衣针穿羊肝可以钓鳖。缝衣针竖着入鳖嘴，提竿针便横了过来，休想逃脱。商朝末年还没有人工养殖的，野生鳖很少，枯坐几天也未必能钓着，偏偏这时候文王来了，一看这老头儿大智若愚啊，于是委以重任。姜太公年纪也大了，反应不过来，也就将错就错了。你看他打仗从来没有真正军事意义上的部署，都是装神弄鬼。因为他实在只是个钓鳖的。当然屠狗的也可以成为将军，比如樊哙，又当别论。

其实，姜太公也不是一条没钓上来，《说苑》里说他"三日三夜鱼无食者，望即忿"，也急了，因为他也不知道最后能否钓上鱼来，而他家里还等着鱼下锅呢。太公的老婆可不是好说话的。有一次在集市上卖白面，一阵大风把太公笸箩里的面吹没了，太婆几乎要和他离婚，经过街道居委会调解才作罢，让他钓鱼以观后效。于是他"脱其衣冠"，估计再不上鱼，就准备下河摸鱼了。要不脱衣服干吗？这时候来人了，还不是文王，是一老农，说："子姑复钓，必细其纶，芳其饵，徐徐而投，无令鱼骇。"望如其言，初下得鲋，次得鲤。

太公按照老农的指教，先钓了一条鲫鱼，然后是一条鲤鱼。老农所授钓法今天并没有变，钓鱼高手都这么说。那就是用细线，香饵，轻轻抛投，以免把鱼惊跑。至于姜太公打没打窝子，书里没提。估计他已经穷得打不起窝子了，完全是凭运气。

至于"离水三尺"而钓，我认为是钓青蛙。不用饵，也不用钩，用粗棉线系一棉球或穿一蚯蚓，在水面跃动，便可诱蛙来食，咬住亦不松口，入袋中才才张嘴。故饵不换可重复使用，甚是便捷。

上世纪七十年代中期，我曾于海淀六郎庄、亮甲店，昌平清河、北沙滩、朝阳垡头、百子湾各地广施此法，斩获甚多。今之比这些地点更远数十里的地方青蛙也已绝迹！呜呼！我一直以为是我造成的，也曾遇一老农走来谓吾曰："子姑复钓，仍无蛙，乃农药，乃开发；子若必得，可趋市场退而求牛蛙。"

还有一位钓鱼不钓人的严子陵，完全和姜太公相反。他不想当官。他是刘秀的小学同学，刘秀复兴汉室称帝以后，召子陵到京师任议谏大夫。严子陵不食荣华富贵之饵，而隐居富春山，渔耕自养。

《东观汉记》记载："光武与子陵有旧，及登位，望之。陵隐于孤亭山，垂钓为业。……访得之，陵不受封。"跑官不成的李太白偏偏在《独酌清溪江石上寄权昭夷》一诗中动情地歌曰："举杯向天笑，天回日西照。永愿坐此石，长垂严陵钓。"他一定很矛盾，是当官呢，还是钓鱼呢。其实这个问题今天早已解决。当着官钓鱼啊！

严子陵是怎么钓的，不见记载，但是估计在台上钓鱼的，一定是席地而坐，玩的是"插水"，日本人最推崇的钓法。插水是一种极富手感的溜鱼手法，且在化解鱼的冲力上有独到之处。

古代人的钓具在材料上比当今的要简陋一些，但是在构造原理上都已经想到了。比如杜甫的儿子"敲针做钓钩"，那肯定是无倒刺的，最近非常流行。这种钩子刺鱼时对鱼刺激小，摘钩方便，深受欢迎。再比如带卷线器"车竿"最早出现于唐代。皮日休的《钓车篇》诗中写道："得乐湖海志，不厌华辀小。月中抛一声，惊起滩上鸟。"抛一声，是因为了远投，要在钓钩下端坠以重物。现在用铅，唐代用铜或是铅不得而知。只有海竿入水时才会咚地一声。宋代名画家马远在《寒江独钓图》中所画钓者手持的钓竿，就是一种带卷线轮的钓竿，它是现在钓鱼用的海竿的前身。从马远算起，带卷线轮的鱼竿在我国出现至少有八百多年的历史了。明代《钓车图》版画，上绘一钓翁，一手执轮竿，一手收线，中钩之鼋正出水。看来，轮竿在明代民间仍被使用。

起码远在商代，就有用竹子做钓竿的了。《诗经·卫风》中就有"籊籊竹竿，以钓于淇"之句，证明在春秋战国时期，人们已经用纤细的竹竿,在淇水滨钓鱼了。《诗经》是我国第一部诗歌总集,距今已二千五百年矣。那么竹钓竿在我国,至少有二千五百年以上的历史了。

八十年代,于钓鱼虽倾心研究,但长进不大,且多谬误,究其原因,是资讯不发达,不知别人研究之成果。还是在被动钓鱼的阶段,那时候还没有悬坠钓法,一般都是卧底,师傅告我调漂要空钩调平水,至于调目谁都不知道多少合适。想来实在是太钝了,误了多少鱼口。

再钓鱼的时候已经是二十年后了。这期间我离开《北京晚报》,专事戏剧写作,垂纶之乐久不享矣。钓鱼这个事就是这样,须年年钓,一旦经年不钓就丧失信心,刀枪入库,马放南山,兵器已经长锈,钓线多已老化。特别是鱼竿,多年不用,对它的弹性韧性心里没底。而重置又破费不少。我一个朋友刚刚入此道,迷得不行,非拉我去陪绑。我说:"你别招我,一旦我重操旧业,比你可要发烧。"他不信。而我真的另置了全套渔具。原来那套太落伍了,都不好意思拿出来用。

二十年不钓鱼,工具变化太大了,原来手竿插漂就是用气门芯,信号不稳,台湾人还是日本人发明了太空豆,那是专用来固定漂座的。就连铅皮也不再用咬铅,而是用专门的铅皮座。也是用太空豆固定。悬坠钓法开始流行。这个的确比卧底钓法灵敏多了。它是从竞技钓小鱼发展而来。如果当年在后海有这种钓法就不会一天白板了。

我二十年不钓鱼,在十里河渔具店看女老板给我做线组,一头雾水。好在,现在有了互联网,回去看老鬼钓鱼学校的视频,看钓鱼大师程宁的视频,看化绍新的视频,这才了然于心。我记得我看了一个星期的视频，从早到早，几乎是彻夜不眠。功夫不负有心人，再到鱼塘，虽二十年不钓鱼，但手法完全是当代的，从抛竿到刺鱼，到摘鱼入护，再到搓饵拉饵，一气呵成。很多人以为我是专业。比起八十年代钓鱼的我，真不可同日而语。互联网在传播技术方面还是有它的优势的，功不可没。这些技术在过去都是秘不示人的。连我的师傅有时候都不跟我说实话。我问他用油葫芦钓草鱼，钩子怎么上饵，他告我穿在脑门上。原来油葫芦的脑门最硬，钩子穿到脑门后，抬竿刺鱼，钩子很难刺透，再钩进鱼嘴。跑鱼几乎是肯定的。

八十年代，无论是我们的国家还是个人大抵都是贫困的，钓鱼的渔具也是能凑合就凑合。那时候一根碳素钢的鱼竿要上千元。玻璃钢的要上百元。一般人还用竹竿，舍得花钱的用玻璃钢的，用碳素钢的大多是别人送的，或是出国带回免税的。而今到十里河选购渔具的时候我几乎不敢相信自己的眼睛，一根碳素钢的竿子才几百块钱，而我们的工资比八十年代要增长了一百倍。买！但是一分钱一分货，几百的竿子就是误事。在上庄一个渔场，我用新买的碳素钢钓竿施钓，一条四五斤的草鱼让我的竿子发出哒哒的响声。这支竿子的硬度、调性都有很大的问题，大鱼上来了，一条二两的小鱼让我断了竿梢。这可不成，我开始在网上搜索有关鱼竿的资料。从网友使用介绍到厂家介绍，我筛选了几款顶级的鱼竿。这些竿子都是四五千块一根，我把几年的微薄稿酬都投进去了。我觉得值。我都六十了，连一款最好的鱼竿都没用过，死不瞑目。

我先买了一支日本达亿瓦的波纹鲤S，后又买了伽玛卡兹的伽玛鲤X。这两款竿子都是振出式鱼竿的顶级。所谓振出是日文的汉音，就是抻出；也就是拉竿天线式的，携带方便，且不会被鱼拔脱节。在未知水域垂钓，这种竿子最保险。果然是一分钱一分货，波纹鲤强悍无比，四五斤的鲤鱼片刻便入囊中，行话叫回鱼快。但是要用稍粗的子线。伽玛鲤没这么快，但是子线可以从0.2用到5号，用唱歌来形容就是有三个八度。这竿子是一款软硬兼施的竿子。要是在未知水域垂钓，伽玛鲤更能自保。

　　但是这些都是钓鲤鱼的竿子，有力气活之嫌，讲究技术的是钓鲫鱼。而钓鲫鱼手感最好的是并继竿。这又是日文汉音，并继就是拼接。这竿子不用的时候是两节。其他几节分别置于其内，用时一节一节插接。这样的竿子优点是可以做得很轻，很细，而缺点是使用不当易拔脱节。钓几斤以上的大鱼时须有相当的经验才行。

　　我最先买的并继竿是一款达亿瓦的枯法师，一用便上瘾。

　　这款竿子和他的另一品牌荒法师一样，采用了"株理论"，说白了就是模仿竹子的特点。鱼竿是有锥度的，从细到粗。但是由于拼接的关系，接口部分影响了力的传导，造成断竿。于是日本人研究了竹节后，把每节的端口做得前粗后细，这问题就解决了。说起来容易，可是干起来从测算到实验花了二十年啊！一代工匠白了头。

　　这款竿子手感超群，但是速度慢，不适合打比赛。话又说回来，休闲不很好吗？打什么比赛。

我的第二款竿子是达亿瓦的荒法师，这款竿子可以打比赛，因为它可以飞鱼。

第三款竿子是江户川的雷电。江户川是专给天皇做竿子的，也送外国元首。里根就得过一根。那些竿子都动辄几万，上嵌宝石，外缠金丝。我买不起，舍不得用，因为这得有保镖跟着才行。雷电四千多一支，回鱼快如雷电。这是对付水库和大水域里那种大鲫鱼的。日本鲫鱼往往有四五斤重，四十公分长的。这竿子头稍显重，用时才发现，这样的设计适合大风天抛线，总会稳稳地把饵分毫不差地送到钓点。我用这款竿子在一个大风起兮的上午垂钓，周围的钓友佩服我的抛竿准确，我心说完全是竿子的功劳。不幸的是今年夏天在小汤山一家渔场被鱼拔掉了梢子，至今厂家没有把配节寄来。

第四款竿子是伽玛卡兹的天也翔拔。

据资料介绍："因为鱼的大小及咬钩的位置不尽相同，所以鱼的挣扎力度也就不一样。能否瞬间吸收鱼的挣扎力度是判断钓竿好坏的一个重要标准。从咬钩到起竿，钓竿反应的部位不同，垂钓者的手感就会不一样，这和每根钓竿的特性有着密切的联系。'天也翔拔'充分考量了钓竿整体粗细的比率，力求做到设计均衡。穗先和穗持的力度，在'天也翔拔'上得到强有力的呈现。"

此竿因为能够充分减轻垂钓者和鱼线的负担，所以能有效防止起竿时的"脱钩"现象。伽玛目前的鲫竿最高峰就是这款。钓起的鱼的大小和上钩时位置的不同，鱼儿的反应的状况也各不相同。然而能否在一瞬间里吸收鱼的反抗力是极为关键的。从上钩到拉起来这段时间，钓鱼人的手感会因为鱼竿各个部位的反应不同而不同。这也是各自的奥妙之所在。

这款竿子我用着最放心，它很少断线，是一款先礼后兵的竿子。有高手评价说是遇强不弱，遇弱不强。这样的竿子腰都是很厉害的。而差的竿子在中鱼后只是前两节吃力，后边太硬，弧度像倒过来的 J 字，早晚要断。

天也翔拔的调性超群，但是比枯法师稍重，然而持竿的时候由于重心靠后，也不怎么坠腕子。我用它在小汤山钓二斤半的鲫鱼爽死了。

第五款是禧玛诺的白标普天元。这款竿子是钓小鲫鱼的首选，国内钓鱼大师每人都收藏一支，我是附庸风雅才买的，至今不知好在哪里。有高手说没有特点就是它的特点，正是它的出色之处，大家风范。

这期间的钓鱼才刚刚开始，不过一年，我的钓技和境界都有极大的提高。除了对鱼竿外，对鱼线、鱼钩、鱼漂、鱼饵都有了自己的体会。而以前是没有的。

这次恢复钓鱼后常常碰到断线的事故，我先是发现了竿子的问题，竿子过硬，弯曲度有问题是一个原因。换了竿子还断线，什么原因？是鱼线太细吗？换了不同的线号加粗后仍然断线。是鱼过大吗？问了鱼塘老板知道最大的也不过十来斤，不应该呀。现在的鱼线强

度是非常大的。按种类分有普通尼龙线,有碳素线,有大力马线。下面是一组渔线拉力和直径的数据:

线号	直径	拉力 (kg)
0.4	0.104~0.105	0.88~1.33
0.6	0.128	1.51~1.80
0.8	0.148	1.8~2.3
1.0	0.165	2.2~3.0
1.2	0.181	2.6~3.6
1.5	0.203~0.205	3.2~4.5
2.0	0.225~0.235	4.1~5.4
2.5	0.25~0.26	5.1~6.1
3.0	0.285	6.0~7.2
3.5	0.309~0.310	6.8~8.2
4.0	0.330~0.331	7.8~11.2
5.0	0.370~0.375	9.9~13.3

难以想象吧,直径0.1毫米的尼龙线竟然有1公斤的拉力。

那为什么还是老断线呢? 后来体会出程宁所说的"不要把线抛远"是多么重要,因为抛远后,来不及抬竿,鱼外窜,鱼竿与鱼形不成最佳角度,就会拔河,断线几乎不可避免。我在大兴一渔场钓草鱼，4号大线，2.5号的子线，五六斤的鱼嗖地一窜，没等我抬竿，竟然把鱼竿梢子的小辫拽掉了。后来把线留出余地，控鱼的时候保持了鱼竿的弧度，顺利地把大鱼钓上来了，而周围那些贪远的钓友仍然在重复着我以前的错误。

渔具之间也存在着矛盾关系，比如竿子硬，就要加粗线，线过粗，线不断了，竿子断了。而且线过粗还会影响漂的灵敏，会妨碍鱼吃饵。所以线组搭配是一种经验，要不断摸索。

我觉得在我的水平来说，对漂的认识还有待提高。鱼漂是鱼讯的显示器，读懂它真的是很难的。现在常用鱼漂有孔雀羽的、芦苇的、茅草的，还有巴尔杉木的，最常用的是孔雀羽的。《吕氏春秋》载："譬之钓者，鱼有大小，饵有适宜，羽有动静"，这里的"羽"，就是指用羽毛做成的浮子。民间也有用蒜瓣子做蜈蚣漂的。

孔雀羽有去壳的，有不去壳的；有四半粘接的，有两半粘接的；有长尾的，有短尾的；有硬尾的，有软尾的；有长脚的，有短脚的；有长身的，有短身的；有溜肩的，有端肩的，有枣核的；有碳脚的，有竹脚的。还有晴天用的，阴天用的；白天用的，夜晚用的；有风用的和无风用的。这些都是应对不同鱼情和天气的。一支好漂有的比普通的鱼竿还要贵。鱼竿虽是日本的精良，鱼漂却是国产的灵敏。台湾、大陆都有好漂。

推广台湾式钓法以来，最大的好处是接受了台湾关于调漂的理论，按照这种调法可以精确到毫米。鱼的一举一动都逃不出钓手的眼睛。我是下了很大的工夫才把这套东西在理论上搞清楚，但操作起来还不是很应对自如。

由于台式钓法发展成目前的竞技钓法，钓鱼的速度简直不可想象，全国纪录是每小时六百尾，我相信这也是世界纪录。除了我们，没有一个国家是这么钓的。当你使用亿万次的计算机浏览完所有钓鱼资料，乘坐高铁数小时飞奔千里之外，一小时钓上六百尾小鱼的时候，我不知道这到底是不是享受。我在上世纪八十年代末写作话剧《鱼人》的时候这一切还没有出现。多快呀！

《鱼人》是我写的第一个戏，作于一九八九年，上演于我另两个戏《鸟人》、《棋人》之后。由于写了这个戏，才有把养鸟、下棋都写成戏的想法。而我也最终因为写戏而离开报社，成了专门的编剧。我的人生也由此改变。我有了大量的时间，不写戏的时候可以钓鱼啊，可这几年我干什么去了，怎么一下子就离开水边二十年呢？

二十年前我坐在青山绿水前挥竿的时候，还不到四十岁，觉得这个岁数好像钓鱼不合适，早了点。现在钓鱼合适了，青山依旧绿，而我已白头，还是岁数不合适。眼睛不行了，看特别灵敏的最细的漂看不清，绑钩子也看不见线了。好在有自动绑钩器，按一下开关就行了。倒也便捷得很。可人生没有开关，有也不归我们自己按，过去就过去了。

我和鸟(上)

我把说鸟的文章放在鱼的后面，是有点说辞的。庄子《逍遥游》："北冥有鱼，其名为鲲，鲲之大，不知其几千里也；化而为鸟，其名为鹏，鹏之背，不知其几千里也，怒而飞，其翼若垂天之云。"鸟是由鱼变的，而我养鸟也是由钓鱼引起的。

钓草鱼要用活食——油葫芦，这种昆虫只有鸟市有卖。鸟在换羽的时候要喂活食，贩子把油葫芦从野地里捉来放在铁丝编织的箱子里卖，上世纪九十年代的时候一块钱可以买好几十个，足够一天鱼饵之需。我去买油葫芦的时候，见识了鸟市的繁荣。成百上千的鸟一起歌唱，真正的莺歌燕舞，不由我心生欢喜。

说起来最早养鸟是在小学二年级，同班一个姓叶的同学买了一只粉眼儿，叫我去看。这种鸟南方叫绣眼，因为它羽毛是绿色，眼圈是白的，小巧玲珑，一般养在方笼里。公的可以有多种叫口，有的还能学驴鸣马唤。当时的价格母的两毛，公的三毛。小学生穷，只能买母的。一张方笼一块钱，合现在大约一百块钱。我磨了二姨姥姥半天，她从她的零花钱里给了我一块钱，我拿着到隆福寺鸟儿店买了一只方笼。可惜掌柜的一个胖老太太给我拿了一张有毛病的，门子太紧，不太容易打开。她说："门子紧不容易跑鸟儿。"其实门子上都有锁，行话叫鬼门儿，就是有一根门条跟顶圈的眼儿不正对着，开门的时候要用手掰弯门条门儿才能提起，这套动作鸟儿完成不了，所以不存在什么门子紧不跑鸟儿。小孩儿对付不了大人，何况是鸟市上的大人。这张笼子后来被二舅的同事小郗拿走，任你怎么要他也不还，这是我对工人没有好印象的又一原因。

小叶比我有钱，他买的是公的，青毛紫肋当然漂亮；我买不起，也不懂听叫口，所以买了只母的，用筷子作了一副杠，又把一个带把儿的酒盅作了水罐儿，没有食罐儿，插一块熟白薯。那时候不懂养鸟，鸟儿却听话极了，而且养得极水灵。现在会养鸟了，鸡蛋黄儿、肉都舍得喂了，鸟儿却没小时候养得好了。

怎么养鸟那时候都听小叶的，后来才知道喂白薯亏膘。后来他把粉眼儿拴着养，我也学他。粉眼儿属于鸣禽，凡是鸣禽没有上脖锁儿的，靛颏只是刚捕获后上脖锁儿拴在亮架上退其火性，一等它老实了，就解锁入笼。小孩儿养活物纯是为了能上手把玩，所以拴

子心 摄

着养更过瘾。他买了脖锁儿，我买不起，就用电线皮编制的锁链，每一节有江米条儿大小，有一米多长，拴在粉眼儿的脖子上，奇怪的是比麻雀还小的它竟然能拖着链子跑。这只鸟终于被我鼓捣跑了。

没有了鸟我惶惶不可终日。父亲又开始进行提笼架鸟没好人的教育。这样不得不时断时续，采取敌进我退、敌退我进的方针；又陆续买过黄胆，听着那么瘆人，以为跟肝炎有关；还买过黄眉子、燕雀儿、黄麻儿（母黄鸟）等等便宜的鸟儿。那时候做梦都想买一只红子（学名沼泽山雀）或是黄鸟儿。我问过价钱，一只生黄鸟儿要价三块，顶现在三百块钱，可现在的黄鸟只卖五十块钱，比过去便宜多了。过去一只生靛颏要五块钱，合现在五百。

后来"文革"开始，学业已经荒废，就又偷偷养过黄雀，也是母的，两毛，公的五毛。第一只母的我训练得已经能叼钱，但是吊食不够，在院里玩的时候远走高飞了。第二只母的，被一同学拿一公的来换，我还当他是好意，可第二天他拿来的公的死了。原来是转嫁危机。后来知青下乡，养鸟从此与我无缘。这次见鸟，不由旧病复发。但是养什么鸟好呢？需做一番调研才可定下。

我先后请益过几位先生。一位是李洪春先生，他是老三麻子王鸿寿的徒弟。王是太平军戏班的，曾国藩剿灭长毛后被俘，因他擅演关公，被老佛爷赦免。李老后来成为活着的关公，九十岁高龄还演过，留下"关老爷磨刀"的佳话。门下皆俊杰，李万春、李少春、高盛麟、王金璐，以及其子李玉声都继承了他的关戏。我去他家的时候他刚刚从朝阳门南小街新鲜胡同搬至西郊的京剧院新宿舍，道路还没有修好。他家只有一只红子在一个小"书包笼"里蹦跳。我问他这只鸟有什么来头，他答曰："没什么，徒弟在官园花五块钱买的，也没什么好音儿，就是看着它高兴。"我问过他靛颏的事，他告我挑靛颏要挑小崽儿，看膀点便知。他还给我说过十三太保的钩子，就是三开钩子，由十三个部件组成。李老的夫人还给我演示了怎么卡水罐。她说："都是我伺候鸟儿，不敢劳动他。"我这才知道什么是夫唱妇随。李老还给我说过青年时代和马连良一起遛红子的故事。在以前他住新鲜胡同的时候，我为写聊斋专栏去拜访过他，他告诉我最好的红子出在赵国蔺相如回车的地方。就是廉颇挡路，蔺相如回避的地方。大概是邯郸的一个郊区，后改成公园了。

第二位是翁偶虹先生。翁先生是京剧《锁麟囊》、《红灯记》、《野猪林》、《李逵探母》的编剧，曾经为学生四小名旦宋德珠主持过颖光社，四十年代在上海演出，很是轰动。翁先生既能握管写戏，也能粉墨登场。他学花脸，与金少山交好，给我说过金三爷养鸟的轶事。特别是他说金的《锁五龙》里有一句翻高八度的唱法，是从红子的高音受到启发。这句话使我萌发了写作话剧《鸟人》的念头。翁先生是位兴趣广泛的人，他谈养鸟，能说几十种鸟，从笼养的到架养的，从南方的到北方的。他说红子淘气，老北京有俗语叫"学生、猴子、自自红"，"自自红"就是红子。你越想越觉得形象。这三种物种放在一起本身就是幽默。他们共同的特点就是没有老实的时候，多动。当然现在的学生又有所不同，电脑上打一天游戏稳如泰山，也不可小觑。翁先生专门写过养鸟的文章，典雅得很。说鸟是"只为稻粱谋，不做山林想"。说靛颏一叫，伏天"如临草塘柳岸"。说画眉一叫"能涤三斗俗尘"。还有两位手把手的老师容我后面慢慢说。前两位老师谈鸟必跟戏有关，是有很深的文化意味的。

我也大致温习了一下有关鸟的记载，却都伤感得很。虽有"落霞与孤鹜齐飞"的美景，也难抵"孔雀东南飞，五里一徘徊"的凄楚，更何况《诗经》里《秦风·黄鸟》的惨烈。公元前621年秦穆公死，以一百七十七人殉葬。其中秦国三勇士子车家的奄息、仲行、针虎三兄弟都被人殉。《黄鸟》这样描写：

> 交交黄鸟，止于棘。谁从穆公？子车奄息。
>
> 维此奄息，百夫之特。临其穴，惴惴其栗。
>
> 彼苍者天，歼我良人。如可赎兮，人百其身！

> 交交黄鸟，止于桑。谁从穆公？子车仲行。
>
> 维此仲行，百夫之防。临其穴，惴惴其栗。
>
> 彼苍者天，歼我良人。如可赎兮，人百其身！

> 交交黄鸟，止于楚。谁从穆公？子车针虎。
>
> 维此针虎，百夫之御。临其穴，惴惴其栗。
>
> 彼苍者天，歼我良人。如可赎兮，人百其身！

可见黄鸟的叫声有哀伤的意思。清以降，人多不知，使麻头之嫩公学喜鹊、红子、油葫芦许为佳音。

《诗经》里至少还有一篇跟黄鸟有关的，见于《小雅》，大致是说黄鸟聚集在异乡客房子的周围，吃光了他赖以生存的谷物，使他想起本地人对异乡人的无情。

汉乐府里有《孔雀东南飞》，写焦仲卿、刘兰芝被活活拆散后，相继自尽。"两家求合葬，合葬华山傍。东西植松柏，左右种梧桐。枝枝相覆盖，叶叶相交通。中有双飞鸟，自名为鸳鸯。仰头相向鸣，夜夜达五更。行人驻足听，寡妇起彷徨。"这里有值得商榷的地方。刘兰芝迫于兄长压力不能遵守与焦仲卿誓不相负的诺言，可以不嫁他人便死，何必过门后死于新家，连累无辜之人。焦刘之冢有鸳鸯，那新夫之屋外恐只有杜鹃了。因杜鹃有四声的，有两声的，四声叫为"光棍好苦"。当然杜鹃啼血就更不用说了。

曹植所作《铜雀台赋》有"仰春风之和穆兮，听百鸟之悲鸣"，如此高兴的时候，曹植听的鸟声也是如此悲凉，幸亏曹操懂诗，不但不以为忤，反而褒奖。有如今日之德国政府，对表现消极意味的作品多支持，对表现"积极向上"的作品多冷淡。

曹操自己在渡江战役即将打响的得意时刻，横槊赋诗，也有"月明星稀，乌鹊南飞。绕树三匝，何枝可依"的佳句。曹操所说乌鹊系黑白两色的大喜鹊，叫声为"喳喳"两声，百灵十三套中必有，而黄鸟三大件中的喜鹊则是灰喜鹊，又叫山喜鹊，叫声带卡头，即：

"嘎——叽叽叽叽叽",为极难之课题,往往有嘎无叽,叫做做尾巴;或有叽无嘎,叫做没脑袋。使黄鸟把头尾接上方才告成。三大件黄鸟从清至今价值连城。

春秋时代鸟还有励志的比喻,成语"一鸣惊人"即言此事。"精卫填海"更是促成了三峡大坝的落成。大概到了明,从冯梦龙的《喻世明言》里可以看到鸟成了人们觊觎财富的目标,"沈小官一鸟伤七命"成为奇案。

有清以来,北京过鸟的时候各大庙会、集市都有卖鸟的,群众无分老幼趋之若鹜,"人手一鸟,举国若狂",大概已有亡国之兆。听京戏和养鸟成为全民娱乐。清人有"家国兴亡谁管得,满城争说叫天儿"之说。谭鑫培之父谭志道,嗓音响遏行云,故有叫天儿美誉;谭鑫培超过其父,人称小叫天儿。而叫天子正是鸟,即云雀。此鸟常在云端歌唱,傲视鹰隼。

那么鸟的迷人之处,或者说国人养鸟的由来是什么呢?我百思不得其解。

可能首先是贵族的影响。满清入关,八旗划地驻防,子弟世代属旗,不得擅离。刀枪入库马放南山后,世代享有钱粮,不得另寻工作。为了解闷,养鸟自娱,似可理解。那时提笼架鸟者多为子弟。清末民初,破落贵族之物成为寻常百姓的向往,也未可知。

鸟分工作鸟、娱乐鸟、挣钱鸟三大类。工作鸟鹰隼是也。清廷内务府有鹰犬处,专为皇帝行围射猎之用,在鹰的产地设有鹰差,当地有交鹰的义务。民间也有用鹰猎兔、猎狐的传统。哈萨克牧民更有用金雕猎狼的传统。娱乐鸟是听其歌唱，百灵、画眉、靛颏是也。挣钱鸟是用来赌博、耍彩的，比如画眉、黄斗，南方用来打斗押注。再比如黄雀算卦、交嘴叼钱等等皆是挣钱的东西。

从鸟的玩法上说，金受申先生的《老北京的生活》是我的启蒙读物。这个蒙启得好，完全是正路，就像学楷书要学颜柳一样重要。那里边有一篇专门谈鸟的文章，把养鸟的要求写得极为清楚，而且相当内行。至今圈里老人所谈都是这个路数。养鸟不是随鸟爱怎么样就怎么样，而是要它接受再教育。比如听叫的鸟里，红靛颏要学百灵口，那就不能有老鸹，也就是乌鸦。蓝靛颏经常在池塘边，难免有蛤蟆口，这也是不许的。还有一种辘轳把，今人大多不知道。井台上的辘轳如果系空桶放下去的时候，辘轳把飞转会发出一种"咕噜咕噜"的声音，蓝靛颏本口常带此，这也是不许的。这都是金受申先生说的，他采访了老一辈的养靛颏把式。

了解了很多鸟的习性后还是拿不定主意养什么样的鸟，北京玩鸟分三大类，第一类是笼养，听叫的；第二类是架养练玩意儿的；第三类是观赏鸟，分野生和人工繁殖两种。最有讲究的是前两类。听叫的鸟分大中小三型。大型的像八哥、鹩哥、松鸭等能说话的，及画眉、百灵等，中型的像靛颏、苇柞子，小型的有红子、黑子、粉眼儿、黄鸟儿、背儿、点儿等等。红子、黑子、苇柞子是听本口，它不学别的鸟儿叫，用拙作话剧《鸟人》里的台词说，就像法国人只说法语不说英语,所有的外交文件都使用法语。这样的鸟适合做教师鸟。别的鸟儿都有效鸣行为,就是喜欢学别的鸟叫。听的就是它学得像不像。

百灵鸟能乱真,而且什么都学,行话叫上音儿或者抄音儿,有时候它连人撒尿滋尿盆的声音都能抄上,拿这样的鸟出去你算是现了。所以对于百灵严格规定什么能学什么不能学,这样就产生了十三套。凡十三套以外的都算脏口。

画眉学别的鸟是写意,有点像现在的立体声音响STEREO,对声音都做了美化处理。它是美声唱法,且音量极大。养它弄不好会和街坊发生矛盾。

靛颏介乎于百灵和画眉之间,它有点像流行唱法,音量较小,后几排就听不着了,这更适合小范围欣赏,所以更受高级养鸟家的青睐。不过靛颏最难伺候。

靛颏分红蓝两种,讲究的玩法是春蓝秋红。所有鸟以当年小鸟为上,夏天出生的小鸟如果是红靛颏最好押言语,因为它很可能没有学上黄胆马料等杂鸟口,用百灵排它,学十三套玩意儿,这是上品,如果学不了十三套,只要没有乌鸦口也行。如果带山喜鹊,有头有尾,行话叫带脑袋的喜鹊。废话,哪个喜鹊不带脑袋?不是,说的是叫声的头腹尾。山喜鹊的叫声完整的是"嘎儿——叽叽叽叽叽,嘎儿——叽叽叽叽叽",嘎儿为头,叽为尾,黄鸟、靛颏往往学了尾,而卡不出头来,或者头和尾不能衔接,所以行家要求是带脑袋的喜鹊。

秋天的红靛颏价值超过蓝的。在不能断定它能不能上言语的时候，挑鸟的学问就大了，先看是不是小仔儿，有膀点儿的是小仔儿，鸟大一天就可能多学一天毛病，行家最喜欢晚窝儿，嫩！好调教。然后就是挑毛色。现在玩靛颏的多是外行，不懂言语，只挑毛色。那还不如养牡丹鹦鹉呢。

红靛颏的毛色比蓝靛的简单。首先是挑片儿，也就是红颏儿，要片儿大，片儿小的谓之"屎颏儿"。二是要挑眉子岔，讲究亮眉亮岔。亮是指它的洁白度，眉子岔要宽度适中，棱角眉太宽，闹，线眉子太细，窄了。岔不能太宽，宽就挤了"片儿"。第三是挑"线儿"，就是分开"红片"和"亮岔"的黑线，越细越好，没有最高，谓之连岔。如果岔上泛粉就叫粉岔，比亮岔又高出一等。如果胸上有彩，就是红毛，叫舌尖红，有如红脸关公脖子下再系一红领巾。腹上有彩叫铃铛红，裆上有彩叫穿裆红。这些都属于脯红。如果脯红和粉岔同时集于一身，就叫脯红粉岔，价值最高。当然脯红粉岔连环岔那就更高了。第四要挑腿儿，高腿的闹，短腿的老实，所以跟挑人相反，要短腿的。颜色以肉色为高，叫肉腿儿。用时髦的话说叫性感。黑腿叫铁腿不能要。因为靛颏每倒一岔毛，腿就容易颜色加深，还容易长瓦，只有肉腿儿老是那色儿，跟穿了尼龙袜子似的，瞧着嫩。别瞧养鸟的挑鸟那么仔细，挑人可就差多了，他们的爱侣很少有亮眉亮岔的，更别说带彩的啦。可他们也凑合了，唯独鸟儿不能凑合。也许正因为找伴的时候凑合了，才对鸟这么苛刻。

红靛颏没有蓝靛颏讲究，过去脯红粉岔多是地主老财玩的，蓝靛颏可是宫里玩的，因为它有一绝，学水虫儿。蝈蝈、蛐蛐、油葫芦学得惟妙惟肖，千里挑一有的会叫伏天儿，就是"蝉"，到了数九寒天，晚上蓝靛儿在灯下叫几声伏天儿，时光倒错，如临草塘柳岸。这是能产生诗意的鸟鸣，所以它还迷倒一批文人和伶人。据金受申先生讲，前清的时候发生过有官员愿以五品顶戴换一只蓝靛颏的事情。还有一官员，蓝靛颏死后在怀里揣了两个月，不忍弃之。

蓝靛颏的挑选讲究最多。如果挑毛色的话，有：一块玉，颏下到胸全白，腰下一条紫托。一块蓝，颏下到腰全蓝。一块紫，颏下到腰全紫。截蓝，颏下到胸为蓝，下面是大紫托。截蓝紫，颏下到腰全紫，中间一条细蓝线。玉带，又叫腰横玉带紫罗袍，跟《法门寺》里的刘瑾扮相相近。全紫中间一条白带。五道环，从颏下栗子块下一条白环开始，依次是蓝环、黑环、白环、紫托。如果没有栗子块下的白环实际上不够五道环。时下把这样的也都归为五道环，有点勉强，把栗子块下有那条白环的称为双白环，纯属画蛇添足。倒是有围着栗子块一圈白环、没有黑环的可称为三环套月。五道环成色悬殊最大，白环越宽越好，有拇指粗的，黑环必窄，为极品。有一根烟卷粗的，为上品。有一根韭菜叶粗的，为中品。有半根韭菜叶粗的，为下品。有一根马尾粗的，为等外。行家说五道环只说大五道环，小五道环，硬五道环。大五道环白环要够烟卷粗，硬五道环白环要有韭菜叶粗，小五道环白环要有半根韭菜叶粗。对其他环的要求必须是刀斩斧齐。一只好的五道环看上去就跟海魂衫那么齐。除此之外全归为乱环。三道将，没有白环，黑环紫托都大。在北京上谱，在天津没人玩。天津讨厌黑环。挑完毛色就该挑眉子，蓝靛颏没岔，所以只挑眉子。要白眉子，不能要火眉子，火为栗色，火眉子多是孟良、周处之流，桀骜难驯，玩不住。不管什么样的蓝靛颏都要白肚皮，浑毛不行。腿要短，理同红靛颏。有一种火神爷，哪哪儿都是紫的，有如火焰驹，这是在谱的鸟，可没有吕布、关公的本事休想降服它。

我托著名京剧编剧高文澜先生在京剧界找个老师。梨园子弟对于此道最是在行。于是高先生又请金派名净吴玉璋先生出面，请来两位高手。一位是唱丑的刘长生，他是名旦刘秀荣的胞弟，酷爱红子靛颏；一位是中国京剧院负责基建的任鹤彩，对养鸟养虫很在行。任老后来成了我的蒙师，有问题常去他家请教。

这两位跟我进行了养鸟知识的普及。刘先生说了红子的十忌，就是"啾嘻呼垛单，抽颤滚啄（京音读多）翻"。任先生说了靛颏的忌讳，大致跟金受申先生所言类似，看来是口口相传下来的，为养鸟家认可。他们根据我的情况建议我先养黄鸟。因为黄鸟不用遛，喂点谷子、苏子就叫。但是王铁成的一句话让我有了更高的追求。他说养黄鸟是小学毕业，养红子是高中毕业，养靛颏是大学教授。我没上过大学，对当大学教授却很有兴趣，于是决定直接养靛颏。从此宣武公园、官园街边成了我春秋两季流连忘返的地方。零星的鸟贩会把伏地刚刚捉到的靛颏带到这些地方出售。

任老不在这些地方等靛颏，他得过好的。电影《红旗谱》里大贵拿的那只脯红，就是任老给崔嵬导演提供的道具。那只鸟据他说是在北京站后头，十块钱买的。这只鸟不仅引起电影里冯兰池（葛存壮饰）的嫉妒，也是当年北京养靛颏的一个话题，出足了风头。

任老不去鸟市等靛颏，我又遇到了我们单位北京日报社的王宝珍，他久住南城，年轻时撂跤、架鹰都很热衷，成了我养靛颏的又一蒙师。他帮我挑的第一只蓝靛颏，五道环跟画的一样艳丽。我那时面对一笼子乱蹦的靛颏看花了眼，周围一群等着掏鸟的人。王师傅伸手就把最好的一只掏了出来，让我钦佩不已。

九〇年我在朝阳门立交桥东北角见一史姓老人笼中一只蓝靛颏连叫二十七声伏天，真是过瘾。请教他才知道这是小仔儿，押了三个夏天才上的音。再看那鸟，并不起眼，环一般，甚至是细白环，托很浅，也细，倒是肚皮眉子都很白。这样的鸟刚捕获的时候保证没人要，只有真正的玩家才要，因为它仁义，聪明，能会好玩意儿。靛颏一叫，叫口就胜过扮相。个中道理不是玩家一辈子弄不明白，只能是玩一辈子皮毛。

好叫口的蓝靛颏我遇到过。那是一只普普通通的五道环，毛色也不艳，身条顺长，脯宽，头型好，是报社王师傅让给我的，那只鸟他也没怎么使劲拴，只是晚上回来架在手上看电视，那鸟很快就吃干面儿了。王师傅家养百灵，勾得这鸟大叫了，恰巧我的新靛颏死了，手里没鸟，王师傅就把这个五道环给了我。他说："这鸟叫了，有什么言语没听清，好像会不少玩意儿，你再好好审审。"我把它带回家，一边品茶一边听它的言语。果然有东西，首先是嗓筒儿好，音色赛过画眉，叫声单摆浮搁，字字珠玑，能叫四声杜鹃，叫声带着山谷的回响，尽洗尘嚣。我许久不能自拔，心醉神迷。这鸟学全部的水虫儿，苇柞子、水鸭子、鹤、山喜鹊，惟妙惟肖，以为到了动物园。就是没听见伏天儿，也可以说是没来得及听见。事出有因，新靛颏闹，一定要缚翅，为了保护它的羽毛，一直要等它老实了。如果是春天的鸟儿，要等它倒完毛才打开膀儿。我刚养靛颏不知道，见它稳稳当当地站杠鸣叫，就把捆它翅膀的线给解开了。老王告诉我不行，容易回性。我又想给它再捆上，手进笼子里掏的时候，它一扑腾，翅膀别在笼条中间把膀子别折了。从此这鸟不吃不喝，三天后死了。我难过了好几天。就是因为有这只鸟的情结，我才像着了魔一样每年过靛颏的时候都在鸟市上徘徊，可二十年过去了，我没碰上一只那样的鸟。这也是命。

我每年都发誓不再养鸟，把已养的放生。可一到了过鸟的时候就不由自主地来到鸟市，希望看到一只好鸟。实在没有最后次的也得买一两只回来。究其原因是没过够瘾吧。

靛颏在我小的时候，一只生的五块，合现在五百块，小孩是玩儿不起的。在那个鸡蛋和肉都奇缺的年代，就是有钱人也得三思，因为买蛋和肉得凭票，人还不够吃呢，哪顾得上鸟。

说了这么些，始终都是亦步亦趋地按老玩法说现象，而并未涉及本质。洋人也爱鸟，他们的玩家说起来是另一个路数，但是从中可以看出很大的差别来。拿百灵十三套来说，世代养鸟家只知十三套有什么，而不知为什么有这些，而这些又说明了什么，是从来没人考虑的。如果还有篇幅，我愿意把我的心得跟读者分享，按照本雅明说拱廊的启发，对鸟文化做一番剖析。

我和鸟（下）

上次谈到百灵十三套，从清到今，没有人说过这套节目是怎么产生的，它说的是什么意思。我看了本雅明分析拱廊街，颇受启发，愿意和感兴趣的朋友一起切磋一下。

十三套按老北京的玩法有两种。金受申先生在三十年代受《立言画刊》之邀，介绍北京风物，他采访的都是故老，谈到十三套，他介绍说："百灵套子共是十三套。前九套为前套，后四套为后套……①家雀噪林、②山喜鹊、③红子、④群鸡、⑤胡哨、⑥小燕、⑦猫、⑧家喜鹊、⑨鹞鹰，是为前套。⑩靛颏蕊儿、⑪柞子、⑫黄鸟套及画眉络儿、⑬胡伯劳交尾儿，是为后套。"①这里边除了胡哨有点费解外，大

---

① 金受申著《老北京的生活》，页二四〇，北京出版社一九八九年版。

概的都能明白，至于柞子，学名叫大苇莺，俗名苇柞子。十三套是以鸟儿为主的组合，"胡哨"我怀疑是壶哨。坐水的时候壶开了，壶嘴会发出哨声，除此不是鸟叫的就是有猫叫。猫是吃鸟的，由鸟学猫当是一种玩笑。相当于人喊"狼来了"吓唬同类。

　　这是普遍接受的百灵十三套，再细分又有南北城两派，南城的清口百灵有水车子、狗叫，有导演欲望的人把这两者接上变成水车子压狗，吱吱妞妞带汪汪。北城的净口百灵不许叫这些。由此分析，北城的更原始，因为更接近田园，它表现的是有田园之美的生活。而南城的清口百灵表现的是北京南城的市井，有水车子嘛，道路狭窄把狗还压了。如果百灵十三套是从清开始定制的，我们就明白那时北城和南城的生活环境是不一样的。在清代，汉人不许住内城，拱卫皇城的是各王府、贝勒府以及八旗各营房，如新街口的北营房、后营房等便是。汉人大都住外城——南城，商贾戏院也都在南城。所以北城安静得很，南城热闹得很。北城的街道相对宽些，南城的商铺挣路，一个比一个往前盖，比如前门外肉市一带，沿街的商铺都把广和楼遮盖了。道路窄了，水车一来狗都没地方躲。水车子是在没有普及自来水的时候一种拉水的运输工具。以前宫里用玉泉山的水，市里用井水。而井多因打得浅而水苦涩，有甜水的井则远近闻名。百货大楼和北京饭店之间的大甜水井和小甜水井胡同就是遗迹。甜水由井窝子上到水车里运往各胡同。我小时候还见过。那是住在姥姥家的时候，水磨胡同北边有个牛角湾胡同（现海关大楼所在地），姥姥家的后门就在牛角湾，水车子把水运到后门，买水的用水笤来接水，卖水的把车上大桶的木塞拔下，水笤水满后再把塞子塞上。一笤水多少钱我忘了，大概是一两分钱。那时候家家都有水缸，可以储水。这样说来清口百灵的主题是"南城晨曲"。清晨，麻雀最先醒来，所以家雀噪林，惊动了喜鹊。到了群鸡要找食的时候，屋里的水壶开了，老北京有喝早茶的习惯，起来先坐壶水。这套叫法表现的是农耕时代的城市，田园与市井并存。

这套叫法培训起来特别费力。那时候没有录音带，用鸟押鸟，就是用鸟来学鸟，但容易失真，讲究的就用原声源来押鸟。学的时候很难按顺序学，都学全了，再按顺序顺过来，方法就是叫错了顺序拦它，几次之后它就明白了。如此形成条件反射，经过几年，一只十三套百灵就毕业了，其间也有不少退学的。为了不使百灵听到别的声音，平常要把它放进水缸，上盖包有棉花的木盖。那时没有隔音设备，只好如此。

然而这套曲子听着只是拷贝生活而已，有如《清明上河图》，实在没有什么艺术价值。我们在城市龟缩已久，多么希望远离尘嚣啊。然而城市正在不断扩张，大自然在退却，一些自然里的声音人们已经生疏了，现在好多玩鸟的都不知道鸟叫的是什么。古代的诗人对鸟叫知道得一清二楚。"打起黄莺儿，莫教枝上啼"、"两个黄鹂鸣翠柳"、"山深闻鹧鸪"、"雁阵惊寒，声断衡阳之浦"，分得很清楚。元稹甚至知道架鹰人的皮套袖叫什么"韝鹰暂脱羁"，韝就是架鹰的皮套袖（见王世襄《大鹰篇》）。今人差矣，早不做山林想，并且把稻粱谋的生计让鸟来模仿。山林比市井就高吗？当然，山林说的是自由，而市井说的是活着。而吾民向来对自由不感兴趣，让他自由没着没落，让他活着有滋有味，奈何？

黑格尔在《历史哲学》里说过："凡属精神的一切，都离中国很远。"他说的精神当然是基督教里的自由精神。魔鬼引诱基督的三条计策，无一不是让基督放弃自由。而基督识破这些，维护了自由。

我们今天玩鸟使用的方法就是魔鬼引诱基督的方法，在旷野中禁食了四十天的基督非常饥饿，魔鬼说："你要是上帝的儿子，就把这些石头变成食物。"基督拒绝了，他说："人活着不单单靠着食物，而是靠上帝口里说出的一切话。"（《马太福音》）

用面包来换取鸟的自由，并且不再让它歌颂自由，让它歌颂面包，这就是玩鸟人的手段。那么鸟就不反抗吗？当然它是要反抗的，新靛颏会在笼子里撞得头破血流。法国人遇到这种情况就很无奈。他们最多把笼子的顶部贴上软垫。北京天津不是，他们会用脖索将鸟拴在手上，然后把它放在有脖索的架子上，脖索的长度将将够着水罐和食罐，使它没有可以撞的东西。即便它不吃不喝，也有办法，其一是点水，不断地用手指把水点在鸟的鼻孔上，水会流入鸟的喉咙里。鸟把嗉子里的食冲干净后会排水，到那时候鸟已然饥饿，再用虫子来诱惑它，等它吃虫后再把虫子剪碎跟人工粉料掺合在一起，鸟会先吃碎虫，再吃粉料，等它吃了粉料后，就把虫子撤掉。这样，一个原本吃活虫的鸟就会吃人工粉料了，这叫开食。有特别有性格的老鸟死活都不吃，就要人工填食。这是有手法的，一手握鸟，大拇指和食指卡住鸟的头部，大拇指推动鸟的下颌骨，食指拉鸟的枕部，鸟会自动张嘴，然后另一手拿镊子夹羊肉条沾水塞入鸟的舌后。注意，鸟的舌头是有钩的，塞得靠前会马上甩出。塞入肉后，要轻压它的气管，让它缺氧，然后抬手，它要呼吸就需先把口里的食咽下去。半小时填一小块，几天后没有不吃的。就像监狱里绝食的犯人被强行输液，绝食失败一样。

一般来说，饥附饱飏是鸟的特性，但饲养久了，鸟也会患上"斯德哥尔摩综合征"。有的鸟可以做"诱子"，唱出美妙的歌曲引诱同类来投罗网，有的鸟会帮人打猎，有的鸟就像百灵成为御用歌手。过去训靛颏比较容易，那时主人或许抽大烟，再闹的鸟惹上烟瘾后都会屈服。方法是主人抽鸦片的时候先喷鸟一口。时间长了，鸟就上了瘾，他会跟着主人一起时而萎靡时而兴奋。主人抽得过瘾的时候，也是它high了的时候，像一个"溜完冰"的摇滚歌手不知疲倦地歌唱。在这方面洋人也一样。法国女主人知道给夜莺喂血、大麻和罂粟。因为"夜莺是唯一需要注入睡眠和幻梦的生灵"[①]，而靛颏正是夜莺的一种。

据金受申先生介绍，蓝靛颏能叫保定铁球。五个为一副，保定

①[法]儒勒·米什莱著，李玉民、顾微译《鸟》，页一八六，上海人民出版社二〇一一年版。

铁球是中空的,行话叫有胆,内置小铁珠,胆分雌雄,也就是发出高低不同的声音。旧时多为武师、地痞所青睐。刺青的大手将五个铁球转于掌上,发出奇怪的声音,文静的蓝靛颏学这种声音不知好在何处。蓝靛颏学的唯一一种市井之声能沁人心脾,那就是叫冰盏。过去卖酸梅汤的走街串巷并不吆喝,而是用摞在一起的两个铜制的小碗(冰盏)颠动,发出"得儿——铮,得儿——铮"的声音。在暑热难耐的中午,莘莘学子满头大汗涂抹作业的时候,小巷深处传来冰盏之声,未喝先就凉了半截。所以蓝靛颏叫冰盏能让室内暑意顿消;而呵砚成冰的冬夜里,还是蓝靛颏的几声"伏天"又让你回到了"潦水净而寒潭清,烟光凝而暮山紫"的秋天。

在所有的鸟里,最让我百思不得其解的是红子。红子学名沼泽山雀,它的叫声节奏感最强。邢台红子能叫锣鼓点,"腔,起个腔,起个腔!"有铜音儿。不知道是锣鼓模仿它,还是它在模仿锣鼓。曾被高尔斯华绥誉为"成功地看到大自然的真实面目"的英国博物学家W.H.赫德逊引用C.A.威切尔的话:"我们的音阶源远流长,几千年来我们使用的音程从人使用的乐器传到了鸣禽的耳鼓。"接着,他对威切尔的话产生了怀疑:"这是远不能使人信服的……其中许多是在野外生活的,从未听到过人类的音乐,可是它们的叫声和啭鸣中遵守跟我们的音阶同样的音程。"[①]这两种意见我都同意,有的鸟大

①[英]W.H.赫德逊著,倪庆饩译《鸟界探奇》,页一三〇,花城出版社二〇〇三年版。

概的确是学了人类音乐；而人类的音乐也一定有从鸣禽处来的。而最终的音乐则是天籁。人和鸟对完美的音程与音阶有着共同的认识。我曾经用不同京剧演员的录音带刺激鸟鸣叫，发现越是好角儿的越有作用，谭鑫培、余叔岩、金少山、裘盛戎、梅兰芳、程砚秋等一流的都好使；二流的稍差，三流自费出带子的，鸟根本不屑一顾。我有时候实在难分高下的时候就交给鸟儿去判断。但是我有个疑问，不知道鸟儿是捧角儿还是捧胡琴。好角儿的胡琴儿好也是一个原因吧。

红子这种鸟因为过度捕捉，已经失去了这种语言。剩下的邢台红子大多已经不会这种叫法了，就像契丹语已经失传了一样，真是可惜。以前北京的伏地红子就有好音，俗谚有"积水潭的红子——带水音儿"可为佐证。后来伏地的逮尽，开始往南捕捉，先是河北，再是河南、山东，好几年前燕赵已无慷慨悲歌之士了，河南的鸟贩子已经到上海去逮红子。也许那里的红子说一口吴侬软语吧。

金受申还说过前清某王爷有十二只红子叫一个音儿，缺一只替补一只；此王爱听合唱主旋律，叹为观止。

红子的命运最为悲惨，小的时候眼睛还没有完全张开，便被鸟贩子从窝里整窝端走，叫做窝雏儿，人工喂以牛肉末和克食面，听笼养的老鸟歌唱学言语。有没被连窝端走的，稍长，毛齐被捕，叫做热毛子，也可押音。再长能飞，叫做过枝子，只能听本口，有啾啾的不能要。这些小小的山雀一年四季都在逃亡中。过枝子红子要被审，如

42

果叫出啾啾、嘻嘻、呼呼、便是错儿；叫出单片儿，比如鸡鸡棍儿，叫成鸡棍儿，是错儿；比如叫出垛音儿，就是把鸡鸡棍儿叫成鸡鸡鸡棍儿也不行。也就是不准连读，不准结巴。鸟儿在笼子里翻跟斗，啄笼子，颤动，抽搐，打滚儿都不行。这十种毛病用口诀概括起来就是"啾嘻呼垛单，抽颤滚啄翻"。前面的毛病要用拦的方法，就是鸟儿叫错了，敲击笼子制止，如果反复多次都不管用，此鸟不能入群，会把别的鸟钩出错来，只能放弃。对于后面的毛病，纠正方法是把鸟用脖索拴于架拐之上，让它在架上吃喝，拴老实了算。

其实鸟叫的所谓错儿，是它的抗议之声，有人把叫错儿之鸟放了后，马上在树上叫出好音儿，一个错儿也没有了。而鸟儿不厌其烦地啄笼子、翻滚其实已经得了精神抑郁症。虽然"凡属精神的一切都离中国很远"，但是凡属精神病的一切都离中国很近。中国能让精神病患者提高思想觉悟，就能让患精神病的鸟听话。不过在我看来，拴过的鸟儿是从躁狂型变成了抑郁型。鸟的躁狂型抑郁症被制止，人的躁狂型抑郁症却往往受到赞许。我为了治疗鸟的抑郁症，参看过有关人的抑郁症的论述："躁狂病人不似一般抑郁症患者离群索居，他们往往兴趣广、喜热闹、交往多，愿意主动与人亲近，爱管闲事，打抱不平。凡事缺乏深思熟虑，往往兴之所至任性而为。""躁狂型抑郁症症状最具代表性的，患者常表现得轻松、愉快，甚至洋洋自得，喜形于色，病人常会做出'世界真美好'的感叹。"假使有抑郁症之人手执一鸟，不知结果如何。而据我观察，酷爱养鸟的都有不同程度的精神抑郁症。这也是我写作话剧《鸟人》的动机之一。

鸟有没有精神追求呢？小小的鸟雀实际上比我们城市里坐井观天的人类有更多见识。靛颏春天的时候从遥远的东南亚飞来，沿着海岸线往北飞，华北一带正是它们中途歇脚的地方，补充完营养后它们会继续北飞，白天藏于棉花地、菜地、苇塘躲避天敌，晚上在夜色掩护下飞行，一天一宿可到东北。红靛颏到达大小兴安岭、黑龙江流域一带繁殖，蓝靛颏还要往西伯利亚和更远的北极圈去繁殖。一路上要躲过多少天罗地网。有多少老幼倒在了繁殖下一代的苦旅中。

清代有本《靛颏谱》详细记载了靛颏的迁徙路线和方法，聪明的靛颏在飞越海峡和长江的时候会搭船，它们躲在帆船的篷索上节省体力。上面还有靛颏的各种品相图形。这本书曾经被王师傅持有，后被人借走散失。有这样复杂经历的靛颏最后被放进一尺（约33.3公分）直径的笼子里，经年不得走动飞翔，它该是多么抑郁啊。于是它用歌声来讲述自己的一切，有时和杨四郎说的是一回事："家住后山磁州郡，火塘寨上有家门。我父令公官极品，我母佘氏老太君。十五年前沙滩会，失落番邦被敌擒。"

十八世纪的鸟类学家儒勒·米什莱观察了从北欧迁徙到北非、路过法国被俘虏的夜莺后这样写道："用感人的音符描绘在它脑海里闪过的东西，描绘眼前没有的、爱过的东西。也许它忘记了自己未能迁徙，以为自己到了非洲或是叙利亚，到了一个有着更灿烂的太阳的地区。""它的爱情和战斗生活，它夜莺的悲剧。它看见了树林，看见了爱过的、使树林变美的东西；它看见了自己敏捷而动人的姿态，和飞行生活的上千种风韵，那是我们的生活所无法感知的。""蛋破壳出雏了，是它的儿子，未来的夜莺，已经长大了，而且鸣声悦耳。在它那昏暗的笼子的黑夜里，它如醉如痴地听着它儿子的未来的歌。"①

鸟还会通过鸣声告诉你环境发生的变化。澳大利亚的琴鸟能学电锯伐木的声音，从启动电锯，到轻松地切入树皮，转而吃力地切进坚实的树心，最后豁然切通，高大的树木轰然倒地，砸断周围的小树和灌木，简直可以乱真。这说明又一座鸟的家园被人类毁掉了。这是被强拆的生命在用歌声控诉，让人泪下。

过去的靛颏因为能学山喜鹊而身价陡增。因为过去带这个叫声的鸟太少，而现在的靛颏很多都会山喜鹊。这是因为山喜鹊栖息在人类的聚集地周围，以人类的食物垃圾为生。以前食物匮乏的时候，垃圾里很少有食物，而限制了山喜鹊的繁殖。现在垃圾里的食物多了，山喜鹊也就多了。蓝靛颏的忌口里有蛤蟆，就是青蛙，因为蓝靛颏喜欢在苇塘、沟渠附近觅食，而这些地方是青蛙的家园，蓝靛颏多会学其鸣叫，养鸟家视为劣音。现在的蓝靛颏很少有蛤蟆口了，

---

① 《鸟》，页一七八、一七九。

因为杀虫剂已经使很多地方的青蛙绝迹。有蛤蟆口则成为稀罕了。

英国的画眉学会了汽车的警报声，这是噪音污染的标志。中国不但画眉，百灵都会。十三套百灵是越来越难了。另外使人担忧的是鸟唱的咏叹调少了，而RAP多了，且声音越来越大。鸟儿和人都在经历着噪音污染，听觉都受到了干扰。所以对音乐都做着后现代的改变。这种现象，赫德逊一百年前就注意到了，他说："刺耳的噪声造成的听觉迟钝，也是习惯于乐器演奏音乐的高音量结果。我们的文明是一种喧噪的文明，由于噪音的加强，那必须在安静的环境中聆听的较小较精粹的乐器，因而就失去了它古老的魅力，最后以致无人问津了。这是一种向高音乐器和密集音响发展的趋势；钢琴受到普遍爱好，如今你越是听到它轰轰然，人们就越喜欢它。"[1]他似乎预见到了五十年后重金属音乐的诞生。

被俘获的鸟儿难道不会来个"徐庶进曹营——一言不发"吗？不能。因为人类利用了鸟儿的天性。当几只雄鸟在一起的时候，就会争夺话语权。人们把几只鸟挂在一起，他们就会竞相鸣唱。再有就是发情期它会呼雌，就像蟋蟀"打克丝"的鸣叫那样，用华彩乐章来求婚。如果这两个条件都不具备，吾民还会用光线来控制它鸣叫。这就是笼衣，俗称笼罩。常年不摘罩子的用透光的白罩，比如红子；而其他鸣鸟百灵、画眉、靛颏，都是不透光的蓝罩。鸟长时间在黑暗

---

①《鸟界探奇》，页一〇〇。

之中，等罩子一打开，强烈的光线会让它兴奋地歌唱。洋人也发现了这点。不过他们用绿色的毯子蒙在笼子上。鸟儿热爱光明，恐惧黑暗。所以它们的歌声大多是在歌唱太阳。物极必反，对太阳的强烈渴望而不得，也会让它们反常地歌唱。它们唱它们再也看不见的太阳。吾民还好，而十八、十九世纪的英法人都曾利用燕雀的这个特性把它的双眼弄瞎，使它"绝望而病态地，用声音为自己创造出和谐之光，用内火塑一个只属于它自己的太阳。"①这就是鸟的精神向往。

听起来挺残忍的，可是想想他们为了让歌唱家保持童音，会从小阉割了他，也就知道人的变态了。

吾民倒不这么干，但他们在捕鹰的时候，会把用来诱惑鹰的鸽子的眼皮缝上，用绳子拴住，使它不至于看见鹰后躲藏起来以致让鹰失去目标。

歌颂爱情也是鸟的主要精神支柱，爱情这个东西本来是没有的，人类到了文艺复兴时期，才由莎士比亚这样的诗人把爱情推到极致。至于为海伦而战的希腊人，我以为更多的是满足占有欲。而宙斯对爱情的理解只是一种粗暴的本能。鸟可不是，千万年以来它们就忠于爱情。

欧洲捕夜莺作笼鸟的习惯可以追溯到伊丽莎白时代。他们有着很深入的观察。赫德逊说："如果夜莺在找到配偶、也就是雌鸟露面

---

①《鸟》，页九十八。

后（它比雄鸟出现迟一星期到十天），随即被人猎捕，那么它很快会在俘虏生活中由于悲痛而死去。那些雌鸟出现前被捕的可以活到换羽期，毫无疑问，这个打击是致命的，在一年俘虏期后幸存下来的，十只中差不多只有一只。"[①]在这方面，我国老一辈玩鸟人有很好的传统，不玩老鸟。因为有婚配经验的鸟到了发情期有时会悲惨地死去。特别是踩过蛋的红子。如何知道它没有婚配呢？一年的鸟要在繁殖后换成婚羽，有如人戴上了婚戒。靛颏看膀点，画眉看原毛，红子看胸毛。

我国老辈玩鸟人还有一些好的传统，比如架竿上的鸟，梧桐、老锡儿、朱点、燕雀、金翅、交嘴，以及猛禽鹰隼，到了春天都放飞。这是由于饲养成本的关系，干了一冬天重体力劳动后，鸟儿到了发情期，也养不住了，不如放它去繁殖。有如国企把工人工龄买断。

而笼中鸟则不行，长时间的笼养使它已经丧失飞行和觅食的能力，放生就是让它死。

一些猛禽在放生的时候，由于与主人有了感情甚至会久久盘旋而不去，这就是"斯德哥尔摩情结"。这些感情是在长期训练一起工作中产生的，或者说一起演戏时建立的。金受申先生讲述过戏剧性的鹰猎活动："次日晨光熹微的时候，已然埋锅造饭，一切齐备，然后传令出发，牵羊骑马，架鹰领猴，众星捧月般，拥护着主人，直

---

① 《鸟界探奇》，页一七三。

入荒原，偶然在微黄草中发现一只野猫（野兔），臂上的大鹰早以飞起，但仍戴着帽子（遮眼用），不能追兔，同时一刹那间，小鹰——鹞子已然放起，很迅疾地将大鹰的帽子抓下，小鹰责任已了，大鹰便满眼光明地直追野猫而去，野猫了账以后（已死），大鹰责任已了。这时候猴骑着羊，追上前去，将野猫抓上羊身，奏凯而还。"[①]动物没有不爱游戏的，而游戏的种种玩法的花样翻新又莫过于人类。鹰哪里会想到有这些玩意儿。一旦玩上肯定上瘾，在单纯为生计捕猎的时候就失去许多乐趣，这也是它不愿离去的原因。

戏剧性是鸟儿也追求的东西。古希腊的阿里斯托芬写过《鸟》，一群鸟为了挑拨人和天神的关系要在半空中搭建一个云中鹧鸪国，阻断人祭祀天神燃烧的烟火到达天庭，以引起天神对人的震怒。比利时的梅特林克写过话剧《青鸟》，里面有一百多个人物，青鸟得而复失，象征着幸福的易逝，或者说真正的幸福是得不到的。

然而鸟儿的确也是恶作剧的高手。赫德逊讲过一个可怕的故事，一年春天一对毛脚燕在英格兰乡村一家人的门楣上筑巢。"巢刚一筑成一对麻雀插进来据为己有，并立刻在巢内产卵。毛脚燕根本不去打架，但也不离开；它们尽可能紧贴旧巢，在旁边又开始筑一个巢。后部是靠着旧巢的前部而筑的。巢迅速筑好了，新巢完全堵住了旧巢的入口。麻雀不见了；季节末，在毛脚燕飞走后，（房主）一打开封死的

---

① 《老北京的生活》，页六十二、六十三。

巢的入口，他惊讶地发现母麻雀还留在里面，成了一副蹲在四只鸟蛋上的枯骨。"[1]这简直是鸟界的《献给艾米丽的一朵玫瑰花》，毛脚燕的智商相当于小说家福克纳；或者说福克纳的智商不低于毛脚燕。

把人比鸟并不是我的发明。《十日谈》里的女郎把情人的那个部位比作夜莺，高尔基把革命者比作海燕，而李逵干脆把人骂作鸟人。而拙作话剧《鸟人》却说的是人与鸟的互为讽喻的关系。人囚禁了鸟，而在人饲养鸟的同时，又变成了鸟的奴隶。人被他所爱的东西异化，人在使鸟丧失了自由后，也使自己丧失了自由。这是我逛鸟市的收获，是鸟恩赐给我的最好礼物。

鸟有着许许多多的故事，几天几夜也说不完。鸟是世界上最坚毅的动物，信天翁第一次展开双翅就再也不落下，它要在海面上飞行七年，进食和睡眠都在空中，七年后才降落在自己的出生地繁衍后代。究竟是人进化了还是鸟进化了，谁变得更好，真不好说。《圣经》里有这样一句箴言，说："不要为明天忧虑，明天自有明天的忧虑。看天空中的飞鸟，既不耕种，也不收获，上天照样养活它。"这当然不是给懒汉以口实，而是告诫人不要贪婪地占有多余的财富。鸟是从来不多吃一口的，俗谚有"撑不死的鸟，饿不死的鱼"。然而我们人类做到了吗？一边是生产过剩，一边是有人饿死。我们真的不如飞鸟啊。

---

[1]《鸟界探奇》，页一九八、一九九。

我和葫芦

北京人留恋秋天，因为秋天在北京的四季中最美。春天风沙大而短促，夏天炎热而漫长，冬天寒冷而干燥，只有秋天从容而又宜人。"时维九月，序属三秋，潦水尽而寒潭清，烟光凝而暮山紫"，只一个爽字了得。没有多久冬天就来了，为了怀念秋日，老北京想出一种听秋的办法。

秋天毕竟已经过去，秋色是留不住的，只有秋声可以重温。在漫天的飞雪中，呵砚成冰，放下冻住了的笔，生一火锅，木炭烧得滋滋作响，锅里的水哗哗沸腾，这时候突然有隆隆声自怀中出，"初淅沥以萧飒，忽奔腾而砰湃，如波涛夜惊，风雨骤至。其触于物也，鏦鏦铮铮，金铁皆鸣；又如赴敌之兵，衔枚疾走，不闻号令，但闻人马之行声"。予谓童子："此何声也? 汝出视之。"童子曰："漫天飞雪,火锅在桌,四无人声,声在怀间。"

怀中何物? 鸣虫也。

秋已过而不可观,然秋虽过似可听,燕人之绝技也。

北京人玩的鸣虫有蝈蝈、扎嘴、蛐蛐、油葫芦、金钟等等。蝈蝈、扎嘴属于阳虫,盖因其喜阳光,多栖于稼禾荆棘之梢;油葫芦、蛐蛐、金钟属于阴虫,厌光,多藏于地隙砖瓦之下,故北京人玩的鸣虫俱分为两大类。阳虫者,不砸底;阴虫者,需砸底,就是用土夯实在葫芦底上,让虫仍有土上之梦而无逾墙钻穴之想,偶用凉茶卤涮之去其火气,鸣叫更佳。

蝈蝈之鸣短促干脆,如筛锣鸣金,蛐蛐叫声激烈高亢有如裂帛,金钟之声如迷你之"唤头",唤头是老北京"剃头的",用一金属棒拨动音叉而发声,其声清越而悠远,油葫芦的叫声是幽咽如埙箫,婉转似啼鸟,为鸣虫至高境界。听其声才知悲秋为何。

方才还谈怀念秋天为何又说悲秋? 原来世间万物欢乐的都易忘记,悲哀的刻骨铭心。美满的婚姻多已麻木,失恋的记忆总在心头。想秋天五谷丰登、果实累累却并不能够让人做梦,而"凄凄切切,呼号愤发。丰草绿缛而争茂,佳木葱茏而可悦;草拂之而色变,木遭之而叶脱。其所以摧败零落者,乃其一气之余烈",却可让人体味存在的滋味。"夫秋,刑官也,于时为阴;又兵象也,于行用金,是谓天地之义气,常以肃杀而为心。天之于物,春生秋实,故其在乐也,商声主西方之音，夷则为七月之律。商，伤也，物既老而悲伤；夷，戮也，物过盛而当杀。"秋之肃杀而令油葫芦悲歌不止，于是无边落木，菊老鹤瘦；寒杵急，晓钟催，西风紧，北雁南飞，尽在眼前。而油葫芦的绝唱又在老叫和寒叫。老叫者谓其年老而不似尚能饱食之廉颇；倒像安史之乱后的李龟年一曲王维《伊州歌》悲伤欲绝，寒叫者是遇冷而战栗，膀慢而沉雄，真是声声慢！要是老叫加寒叫，那才是一曲林冲夜奔，让人肠断！

　　蓄虫之美器莫过于葫芦。乾隆曾设千叟宴，席间将一万只人工养蝈蝈置于玉阶之上，凉风一飕，响彻大内，叫做万国来朝。盖国与蝈谐音也。有清一代，将鸣虫葫芦推向审美的高峰。王世襄有《中国葫芦》一书，声著四海，叙述甚详，吾不赘叙。

　　我留意葫芦是看到舒乙一篇文章，说是日本作家水上勉听到"文革"中老舍的死是因为红卫兵摔碎了他一只心爱的蟋蟀葫芦。为了纪念老舍对葫芦的热爱，来中国后非要舒乙带他去买一只葫芦。最后在琉璃厂如愿以偿。究竟是什么样的葫芦让水上勉如此心醉呢？那时王世襄的书还没出来，难得其详。只好奔琉璃厂以求实物一观。然柜台内偏偏没有什么蟋蟀葫芦。怅然。

　　后游走于虫鸟市场，也不知什么样的好，蒙着买。后遇任鹤彩师傅，告我买的全不对，又画图以教之，才略有领悟，然只是对其形状了解，而皮色全无概念。后又结交虫友大刘，告我甚多，并且陪我逛市以实物做点评，才有所长进。

鸣虫葫芦是鸣虫的音箱，对虫的声音有放大和美化作用。故什么样的虫要用什么样的葫芦。蝈蝈葫芦多用鸡心、棒子，以及在此基础上发展起来的柳叶、油瓶、玉簪棒、蜘蛛肚等等。油葫芦的分花瓶、和尚头、灯泡、噗噗噔、漱口盂、沙酒壶等等。

然自然界之葫芦能符合这些要求的少之又少，故葫芦多用范型套之令其符合要求。乾隆以来皇家禁苑、王侯府邸种植甚多，叫官模子，区别于三河、徐水民间种植者。官模子多花，有吉祥图案凸现于葫芦之身，然画片死板多不生动。因官模子种植不计工本，毁之甚多，故价值不菲。"三河刘"多素模，然瓷皮糠胎装相符合声学，普通之虫入内常有不普通之声，故为玩家所珍视。王世襄言民国年间须生泰斗余叔岩的大白皮、同仁堂东家乐咏西的棠梨肚、虫家王星杰之沙酒壶都是高身之三河刘，价值连城。三河刘在民国年间要高于官模子。徐水古称安宿，那里的花模子都是民间艺人所刻，画片生动拙朴，但是多瞎模，就是模子久用不换而有缺损，皆因成本所限。所以安宿模最便宜。民国间有天津种匏者、宣大、史老启、李六等所植花瓶、签筒子、两大堆等多高身，现也是天价矣。高身乃是为听药叫之虫所设。自然界之鸣虫多高音，久而生厌，低音者行家谓之叫顶，千里挑一，比葫芦还贵。有人发明了将朱砂、白蜡、松香熔成药珠点于鸣虫的翅膀上，改变其膀筋之挠度，降低其频率，使其发声低缓。有如帕瓦罗蒂改罗伯逊，寻常之虫不几文买来，经高手点药而身价陡增。然药虫须有听药叫之容器，天津植匏者正是应时而生。

高身葫芦来自于乐器的启发，就是延长其发声通道。大家见圆号音低，就是音道盘旋延长所致。而葫芦加高情同此理。

十几年前，大刘陪我逛潘家园地摊，他神秘地附耳于我，那儿有一只三河刘。我的心差点蹦出嗓子眼儿。放眼望去，只见一泥蛋委顿于地，并不起眼。贩子不识要价只四百，大刘还价二百，贩子不卖，大刘掉头就走。贩子说你再加点，大刘扬长而去，我不心甘，说给你加到傻数如何，傻数就是二百五。贩子说加钱不怕傻数，得，葫芦归我。大刘埋怨说，你不说话他肯定卖我了。这只葫芦算是大刘让我，现已价值不菲，至今感念。

自然界有不用模子自然成型者谓之本长，又高于所有模子葫芦。予近年所藏，皆本长，得之于地摊，来之甚廉。然北京之葫芦收藏大家马鸿全评价甚高，托出周子劝让。予心足矣。

鸣虫当然要善待之，故虫家模仿它的自然环境在葫芦中砸底。而葫芦又要常常清理保持卫生，用一般的土就会脏了葫芦，怎么办？北京人想起用三合土，即黄土、白灰、沙子夯实在葫芦底，余有一"三河刘"葫芦，三合土底自咸丰至今已有百年仍固若金汤。可见三合土之坚硬。现在有用水泥代替者，全成死个膛，休想起下，对葫芦有百害而无一利。

葫芦的底砸成一个四十五度的斜坡，这是因为油葫芦叫时是立起两膀至四十五度，正好是平对嗓子眼，从口盖中垂直发出声音，不会撞帮。底的舌头要舔在嗓子眼之下，过低则声音受困，过高则响而无味。土是黄土为好，要那种北京称作胶泥的黄土，沙子要面沙，这种配合是要它既黏结又渗水，因为不渗水的底遇热后有如一个桑拿浴室，虫不耐受。

这两种土中要加老灰才能使其板结。石灰不老烧虫。把这三种土以适当比例调好的莫过于老城墙的墙缝中物和老护城河的河浜之土。老城墙多已拆毁，荡然无存，虫家无不为土而焦急万分。想当年的重耳也不过如此。

春秋时晋公子重耳出逃，"过五鹿，饥而从野人乞食。野人盛土器中进之。重耳怒"（《史记·晋世家》）。重耳一伙跑得又累又饿，向土著要饭，可当地连年的战争和饥馑已无可吃之物，野人只好给他盛了一些土，现在看来这些土也是能吃的观音土，只是重耳一伙不识。重耳大怒。他的随员赵衰说，土，有国土的象征，请拜受吧。重耳逃亡不正因为没有国土可以立足吗？所以立刻转怒为喜。

其实这种可食之土是一种很细的黄土，砸底最好。虫家对老土的崇拜比重耳有过之而无不及，人人有守土抗战之决心。不信听我细细道来。

金钢桥，是天津市内重要的交通桥梁之一，坐落在中山路南端、横跨海河之上。"它始建于一九〇三年，因不能负重，一九二四年又建新桥，即今改建前的金钢桥。一九〇三年所建桥俗称老桥。一九〇一年袁世凯继李鸿章任直隶总督兼北洋通商大臣后，于一九〇二年将原驻保定的总督衙门，移驻天津，将海河北岸原淮军的海防公所改为直隶总督衙门。为来往京津两地方便，于迁天津新址后，复在河北种植园南侧，修建新车站称总站，俗称北站。一九〇三年车站建成后，从新车站修通一条直达衙署的大马路，命名为大经路(一九四六年为纪念孙中山先生多次来津经过此路，改为中山路)。为了与河对岸沟通，是年将原窑洼木浮桥，改建成双叶承梁式钢架桥，因是钢结构，故称金钢桥。

"桥长76.20米，宽6.45米，下分三孔，中跨11.60米。桥台用条石砌筑，桥面铺木板，可以开启。但建后不能载重，故又于一九二四年在桥下游18米处另建成一座大型钢梁双叶立转开启式新桥。桥长85.80米，宽17米，两旁各有2米宽的人行道。桥墩为钢筋混凝土结构，插入河底，距桥面24.4米，可以从中间用电力操纵吊起开成八字形行船。新桥沿旧称亦称金钢桥，即今改建前之金钢桥。新桥建成，大经路也于是年铺成沥青路。当时，从北站通过宽阔的大经路、金钢桥，直达海河对岸各地，交通方便至极。

"建新金钢桥后，旧金钢桥即成便桥，一九二七年因待修停用。日寇侵华时期，一九四二年将桥梁拆除制造军火，仅余下四座桥墩。一九八一年为缓和金钢桥上交通拥挤堵塞，又利用旧桥墩整修加固，建成钢架便桥，未用多年又废弃。金钢桥新桥自一九二四年建成至一九九六年已历七十二年历程，由于年代久远，桥底钢板已经锈蚀，桥身亦不能启动，且桥体整体下降，成为危桥，故天津市政府决定改建。

"新的金钢桥于一九九六年年底建成，为双层拱桥，下层桥利用旧桥墩改建为三孔钢与混凝土组合的箱梁桥。车行道宽14米(旧桥10米)，两侧人行道各2米。上层桥采用三孔中承式无推力拱桥结构，全长600米，宽15米。新桥建成后造型新颖、美观、壮丽，具有与现代化国际大都市风貌相匹配的时代建筑感，为海河又添一宏伟壮观的新景。"(以上据天津报载)

　　就在这改造金钢桥的时候，出现了一群呼朋引类的养虫家，他们肩挑手提，还有蹬平板车来的，把拆桥墩露出来的老土席卷一空。因为新桥是用水泥，老桥的土对修桥者反倒是个累赘。正好两便。

　　老土经过捣碎、过箩，砸成了底，甭说油葫芦蛐蛐，人都想上去住两天。那土散发出历史的气息，七十二年的岁月已让土的火气全无，估计是放射线全无。虫在里面比在野生环境下还好。北京人对天津羡慕死了。所以有一度天津底价值不菲。但是曾几何时，这些土又没了，可见砸了多少底。虫家又陷入了对土的极度恐慌之中。

　　"嗟乎！草木无情，有时飘零。人为动物，惟物之灵；百忧感其心，万事劳其形；有动于中，必摇其精。而况思其力之所不及，忧其智之所不能；宜其渥然丹者为槁木，黟然黑者为星星。奈何以非金石之质，欲与草木而争荣？念谁为之戕贼，亦何恨乎秋声！"

　　童子莫对，垂头而睡。但闻四壁虫声唧唧，如助予之无老土之叹息。

阴虫不见土则干须干爪，寿命甚短。所以得一阴虫器则把砸底视为大事。望保护古建者谅之。如有老土不妨出售些个，以解京津两地之燃眉。更防一些情急铤而走险者把目光投向诸如天坛、地坛之老墙，慕田峪长城、元大都遗址等老土尚存之地。

　　北京天津二线高速路开工之时，有一段正好路过十里河虫鸟市场，挖出许多胶泥土，大刘让葫芦贩子邓胖儿取来兑以老灰赠我一袋，用到今天尚存少许，分外珍惜。

狗　缘

　　以前和老人住在一起的时候想养一条狗，终因老人的反对未能如愿。单独住以后，总算可以自己做主了，就决心养一条狗。

　　养一条什么样的狗呢？这可有点打不定主意。我本意是想养一条大丹，因为它威猛，最起码是条德国黑背还得是短毛的。藏獒就算了，因为那家伙太野，一生只认一个主人。这一个主人不知从哪儿算起，要是从我算起，我家里的其他人就都生活在威胁下；要是从卖狗的算起，连我都性命不保。我不能弄个仇人来。后来听说大型犬北京都不让养，我只好在中型犬身上打主意。

　　我先是到书店去买了一堆养犬的书，这才知道犬是狼的后裔，可是狼只有一种模样，狗怎么会那么多样子呢？原来狗的血液里还有狐狸、豺、甚至是熊的基因，有一种大白熊犬，个头奇大，看上去跟北极熊没什么两样。当然用狗和其他小型物种杂交问题不大，要是用一条雌犬和北极熊交配就有危险了，那熊要是刚吃完一头海豹，碰见这条雌犬也许会和她春风一度，要是已经半个月没打着食了，这条雌犬就成了点心。

从书里我选中了几种犬，一种是苏格兰牧羊犬，这种犬对家庭有一种凝聚力，它不希望家里人分散，总是把大家往一起圈。这是一种遗传，你就是扔一堆石头，它也要百折不挠地把它们聚拢在一起。里根的朋友曾经送了他一条这样的狗，结果他的脚后跟常常被咬得流血不止。因为总统总要单独站在一个地方，不可能和其他人鱼龙混杂在一起。狗不知道，总认为这样不合要求，于是就不停地咬他的脚跟让他归堆儿。后来里根实在惹不起它，把狗送了人。我想我算了吧，这样的狗太浪费袜子。

第二种是拳师犬，脸是瘪的，腿修长，是很好的警卫犬。有一天在狗市上碰见一个农场的小伙子牵着两只半岁大的拳师犬，精神极了，他们的农场狗太多，养不了了，要出手。要价才五百。我动了心，牵着一条公的绕了狗市一圈，这狗很通人性，始终贴着我的右侧走。我几乎要掏钱了，不知动了哪根神经，给一个懂狗的朋友打了个电话，他说这狗爱流口水，不适合在室内饲养，我只好作罢。

第三种犬是一种拾猎犬，这种犬天生爱跳入水中拾东西，洋人打鸟常带着这种犬，猎物掉入湖中，它会跳进去捞回来。后来有人把它用做救生犬，奋不顾身是它的天性。我想想好玩是好玩，但是我又没有什么可以往水里扔的，真扔的也就是几张枪版的碟，它再给捞回来，我白扔了，再碰上国际版权组织的人在场不是没事找事吗？算了吧。

第四种犬最后落入我的视线，它是一种小猎犬，叫比格，非常依赖人。实验室常常拿它做实验，据说非常温顺，只是嗅觉太好，因为它是一种嗅猎犬。原来洋人把猎犬都分了工，对于快速奔跑的猎物要用视猎犬。它们会盯着猎物拼命奔跑，速度甚至比猎物还快，比如灵猩，阿富汗猎犬，奔跑速度都在每小时四十英里左右，一只猎豹不过在五十英里左右，这样的犬也常常用做速度赛。一种是说过的拾猎犬。还有一种就是嗅猎犬，对于狡猾的狐狸，善于隐藏的猎物，视猎犬就没用了，因为看不见猎物移动它就失去了目标，这时候嗅猎犬就派上了用场，任你躲藏得再好，只要留下气味就跑不了。嗅猎犬都有大耳朵，据说是为了搅动空气得到更多的气息而用，在追踪猎物的时候会很兴奋，有时候会被其他气味吸引而迷路。这种犬里我选中比格是因为它不会体形太大，短毛，不易掉毛。

去了几次狗市，终于选中一条公的比格，这是本地养犬户繁殖的，不是狗贩子手里的，健康活泼，才一个月大小。女儿给他取名太郎，这也是不得已，要是汉名就得叫大哥，岂不吃亏。

买了狗窝，买了皮带，买了狗粮，一切齐备就等着享受养狗的乐趣了，可麻烦来了。先是去上户口。派出所说要按地址选择派出所，还得出示防疫证明。我带着狗去打防疫针，宠物医院说新狗体质弱，要先打三针增加免疫力的针，再打防疫针。我只给它打了一针，因为我觉得它很健康，没必要让他多挨两针。晚上回来，刚入睡，它嚎叫起来，原来是胆怯，那也不能惯着它，凑合着单睡吧。第二天一喂食，吃起来没个完，我一天喂了几顿也记不清了，到狗市一问，人家说一天两次就行了，等到成年一天只喂一顿。就这么控制它的饮食可粪便一点也不少，你给它铺的报纸它不认，逮哪儿哪儿屙，追着它擦都来不及，要是你不及时处理，它也会吃屎。都以为咱们的柴犬吃屎，原来洋狗一样，这才叫狗改不了吃屎。经过几天连哄带吓，它似乎明白了一点，略有改进，想到今后的日子还长，也就不太和它较真。

牵出去遛遛吧，刚下楼，一个养狗的街坊神秘兮兮地告诉我，你这狗不好，尾巴上有一段白，妨主人。我一听就不高兴，我说这是纯种的洋狗，不是柴狗，没那么一说。要是再跟她说刘备的坐骑"的卢"有人说妨主，结果马越檀溪救了刘备好像我有点卖弄，也就没提刘备的事。牵着它来到街心公园，一下来了一群狗和一群人。先是狗们互相闻鼻子，闻屁股，然后咬作一团，然后是人问狗的事情，让我招架不住。

把太郎拉出重围捡僻静之处慢慢遛去，不由对它刮目相看，刚才它和比它大的狗打闹一点也不怯场，并且扑咬得甚得要领。说话间来到一处松林，一个男子正和一个略有姿色的中年妇女交谈甚欢，但看样子却不是夫妻，不过是狗友而已。那女子见了太郎忽然两眼放光，把男子闪在一旁走过来亲切地问："这小家伙是什么狗？"我说是比格。她问是纯的吗？我说是。这是一种小猎犬，介绍一番。这男子却阴阳怪气地说不是纯的，可能是巴吉度和腊肠的串种。我气不打一处来，想说只要不是你串的就好。这句话要是说了，肯定是一场恶战，幸亏话没出口，要不怎么说三思而后行呢。他养的一条大狼狗突然窜出来，太郎本能地屈服了，躺在地上把肚皮一亮，这相当于柔道选手在对方施用"绞技"难以支持时拍榻榻米认输。狼狗一口把它衔在嘴里，太郎也不动弹。那男子也不管教他的狗，心里一定是想让它下狠口，可是狼狗并没有这么不讲理，它轻轻地把太郎又吐了出来。

我连忙牵狗就走，大狼狗尾追不舍，我也不敢呵斥它，因为它要扑上来我可不敢亮肚皮躺在地上。那男子也不叫回他的狗，我只好慢慢牵狗走去。这男子的用意很明显，他希望我的狗别来这里，再说得明确点是不欢迎我来这里，特别是那女子在的时候。这时候我想我要是牵着一只藏獒或是一只大丹，或是一只高加索牧羊犬会是一种什么场面，或者干脆是一只东北虎又怎么样？太郎倒是心理很能承受，摇头摆尾地早忘了刚才的羞辱。一路欢跑走了。

以后我再来遛狗都是夜深人静、月黑风高之时，就是牵狼狗的人也不敢出来。我和太郎在草地上玩耍，扔出皮手套让它捡回来，屡试不爽。想起在东北的时候养的一条日本狼青和笨狗的杂交狗"青儿"怎么让它捡东西它就是不听，不由不佩服洋人选种的精明。

也就在那一天，我戴了好几年的皮手套丢了，不过没关系，八块钱一双的。

这狗有两点让人心烦的，一个是它开始发出一种强烈的动物园"狮虎山"的味道，和我的汗脚难分伯仲。我倒窃喜，因为我可以找个替罪的，如果是我的，我可以赖它。一天一个澡似乎解决了些问题，可倒反衬出我的脚一天不洗的严重。真是庸人自扰。

第二是这狗缠人，无一刻不离你左右，我就想起那些穷追姑娘不舍尾随人回家的小流氓，一定是让姑娘烦透了。它总是喜欢爬在我的脚上，咬我的脚。我把它放在楼下，先还上不来，后来没几天它居然能费力地上楼了，咬我电脑的线路。我就呵斥它下楼。它觉着一层层下太慢，就找了个捷径，从楼梯边上扑到下面的衣架上，再从衣架上下去，成猫了。第一次没事，第二次衣架倒了，摔坏了衣架上的配件。

我有点对付不了它了。就开始想把它送人，女儿为此和我吵了一架，说养一条狗要为它负责，如果不想好了就别养。说得对，但是也只好如此了。我把它送给了一个朋友，他是一个大孝子，退休后在家侍奉老母。他母亲九十了，一日三餐都是他反哺给老母，在他的照料下老母白发变黑，大有穆桂英百岁挂帅的气势。

在一个风雪交加的夜晚我把狗送到了他家。第二天他来电话，说是狗把土暖气的放水阀咬开了，屋子里发了大水。我好言抚慰一番。又过了几天，他说这条狗得处死，因为把他母亲的手咬破了。鲜血染红了沙发，为了证明所言不谬，他坚持不洗沙发留作证据。我连夜前往出事地点，果见斑斑血迹。良久无言。他说处死也许不好，干脆给了街坊吧。我同意。

太郎就到了他的一个下岗街坊家里，那家人买不起狗粮，就人吃什么狗跟着吃什么；一家人视如掌上明珠，晚上散步夫妻相倚而行，女儿牵着狗，很让邻里羡慕。

又过了没几天，朋友说这狗还得送人，因为这狗是一条纯种的名狗，单位说他家养得起这样的狗，补助可以不发了。

幸好太郎被送到他姐夫家，不是太郎的姐夫，是下岗人的姐夫。姐夫是开狗场的，见到这样好的一条狗非常喜爱。它在那里如鱼得水，别的狗都不敢和它争食，没过一个月就从两斤长到了二十斤，成了一条大狗。因为它长得好，被选作种犬，在那里繁衍后代其乐融融。

我想养狗和交朋友同理，朋友不可轻易交，也不可轻易弃；狗也一样。想养狗的朋友一定要三思。

一别四郎三十春

　　近来很少外出，故旧亦难通音讯，往事多已尘封。忽蒙旧主召唤，命写当年《北京晚报》主办《四郎探母》始末，不禁喟叹，原来时光飞逝，已三十年矣。

　　一九八〇年，我还是《北京晚报》的见习记者，总编辑王纪刚把我叫到办公室，说"新星音乐会"办得很成功，京剧也要搞一个。他的指示是借《四郎探母》推出新人。

　　为何选择有争议的《四郎探母》而不是别的剧目，我当时并不理解。待走访了戏曲学院的贯涌教授后（记得是和同事沙青一起去的），才知道这出戏的分量。原来这个戏囊括了西皮的所有板式，光"导板"就有八个之多，还有生旦的不同"哭头"，是一部能够充分展示演员才艺的戏。历代名家都有传世的唱片。选择这样一部传统戏，对于检验青年演员的水平是再合适不过了。当然，王纪刚老师作为报人更看中了它的争议性，有争议才有新闻，有新闻才能引起关注。

当时的首都舞台受解放思想的影响，已经把禁演多年的《四郎探母》中的第一折《坐宫》拿出来演了。这是梨园行的聪明之处，只坐不探，只有想法，没有行动，你也奈何他不得。而王老师要的是全部《四郎探母》，并且带《回令》。没有一个剧团敢揭帖。于是找到中国戏曲学院（前身是中国戏曲学校），得到史若虚院长的支持。他说我们是教学单位，以教学为理由，演全部的可以，但是商业演出，必须通过文化部的审查。

这部戏的争议之处戏曲界自然知道，但是今天不了解戏曲的人未必知情。争议之处就在于四郎脱离战场，流落到敌国，隐姓埋名，被招为驸马，但是没有搞回一点有利于大宋的情报。反对意见是《四郎探母》宣扬叛徒哲学。赞成演出的意见是四郎并没有出卖战友和国家机密。言外之意是四郎当属统战对象。如果不让四郎探母，台湾怎敢回归。双方都拿政治说事，思维都是政治第一的模式，这部戏就愈发变得敏感。反对意见还认为四郎有变节行为，说老实话，以四郎的行为，即便是今天的美军也得送他上军事法庭。赞成意见还有文姬可以归汉，四郎为何不能探母？这是大汉族主义的表现。这是拿今天的民族政策来解释当年的情况。文姬属于非战斗人员，四郎则系国家武装力量。

《四郎探母》的政治态度比较暧昧，可是情商却很高，从"坐宫"到"盗令"、"过关"、"被擒"、"见弟"、"哭堂"、"回令"，可谓一波三折，环环紧扣，动人心魄。这部戏演出的红火年代正是慈禧当朝的时候，据说是西太后的统战阴谋。这个阴谋可以说是非常成功的。麻醉人的力量很大。记得我当时负责报道，手虽握管，而忘情不能记一字，四郎一句"弟兄们分别十五春，帐上坐的同胞人"我已热泪盈眶，完全丧失了今人对传说中的古人的严肃政治立场。到老太君"一见娇儿泪满腮，点点珠泪洒下来"，她没哭，我受不了了。老佛爷何其毒也！

经过党的教育，旧艺人的政治觉悟多有提高，张君秋先生就提出四郎有两个老婆影响不好。可没有后来的老婆铁镜公主，就盗不成出关的令箭，而有了公主，又如何见四夫人？此事惊动了时任文化部部长的黄镇将军。还是政治家有办法，在法国主持过中美若干轮谈判的将军还能让这点事难住？不上四夫人可以但是不能没这人，马上改一句词"问你四嫂今何在？""现在天波杨府把兵排"，没来。皆大欢喜。

总算上了文化部审查的时间表，可是老没消息。纪刚同志催我，我就催戏曲学院。后来史院长想了个办法，说是在文化部副部长林默涵看戏的时候让我当面问他。学院特意把我的票安排在他后面。中间休息的时候，我要和他交流，但是不知哪位学院的家属，一个老太太占了有利位置就是不让位，我说我有话跟他说，她说不看戏说什么说，林部长回头看了下我，我赶紧亮了身份，并且问跟戏曲学院合作之事。林部长说他没意见，嘱我们再请示一下黄镇部长。

于是戏曲学院又搞了一次彩排，演出前，黄镇部长、北京市委宣传部的刘道生部长、北京日报社的张大中总编辑、《北京晚报》的王纪刚总编辑、晚报文体组组长李士民还有我在休息室见了面，戏曲学院的同志都回避了。王纪刚同志当面问黄部长《探母》能不能演，黄部长说他同意，让再问问林默涵同志。我说问了，他没意见，他让再请示您。王纪刚同志又提出要在大剧场演出。黄部长让中演公司安排。

于是《四郎探母》演出开始宣传。一九八〇年十一月三十日，《北京晚报》第四版发了演出预告消息和通栏广告。十二月一、二日两天连续介绍来自学院大专班和中国戏曲学院实验剧团的主要演员：陈俊、翟建东、范永亮、李文林、郭玉林分别扮演杨四郎，王蓉蓉、徐美玲、张静琳、陈淑芳分饰铁镜公主，杨瑞青、刘国英分饰萧太后，徐红、郑子茹、李丽萍分饰佘太君，李宏图、吴许正分饰杨宗保，王汶璋、李朝阳、金正明司鼓，杜奎三、孙鸿生、刘镇国、郑重华、费玉明、杜凤元操琴。

演出从十二月三日到九日一共七场，在天桥剧场，场场爆满，一万多张票一抢而空。

在演出的某一天，张伯驹老人在孙辈的搀扶下来到后台，只为找一张戏票；我也没有办法，管票的是晚报文体组组长张滨龙，基本上没戏。还是陈国卿老师费尽周折，总算满足了老人。

在演出的七天里，我负责演出报道，王纪刚等五位晚报编委撰写了五篇评论员文章：《百花盛开凭春风》、《京剧有危机吗？》、《让京剧舞台绚丽多彩》、《京剧需要八十年代的新星》、《如何对待掌声》。

《北京晚报》头版还发表了我采写的史若虚专访《从事戏曲四十春》，标题灵感来自"弟兄们分别十五春"。

事隔不久，《北京晚报》作出深刻检讨，承认推出《四郎探母》的错误，并且接受社会各界的批评。王纪刚同志后患脑中风，半身不遂，调离了《北京晚报》。

当年参加演出的青年才俊，今天多已成为京剧界的名家，继续为京剧事业发挥着他们的光和热。为他们的演出吃了苦头，长眠于地下的王纪刚、史若虚老人有知，也会为他们高兴的。

少年时代

幽默的缘起

一九五二年十二月的一天，我的祖父冒着纷纷扬扬的大雪来到水磨胡同（现海关所在地）高家，一进屋就和我的外祖父母相对大哭，我母亲躺在麒麟碑产院（现东四产院）的产床上等待着我的降生已有一天，难产。

我姥姥生过八个儿女，很少是在和平年代，多数是在战乱中，吃尽苦头的她很坚强，是禁得住坏消息的，可还是让我祖父引得落下泪来。我祖父有四个儿女，我父亲行二，他们兄妹从小失去母亲，祖父浪迹天涯，解放后才把其中两子一女从徽州老家接来北京与继祖母团聚，我若出生将是他老人家第一次有孙子或是孙女。

那个时候不兴剖腹产，最终是一把产钳夹住我的双耳，把我拉了出来，我母亲缝了八针。大概是产钳用力太大，使我的双耳紧贴在头上，这为后来拍驾照和护照上的照片带来许多麻烦。按照公安部门的要求，照片要露出双耳，而我的怎么也露不出来，只好用两支香烟夹在耳后才搞定。对此我极不以为然，这是人，又不是狼狗。

不知为什么，出生后的我昼夜啼哭不止，于是家里人写了个纸条到处张贴，纸条大意是：天皇皇，地皇皇，我家有个夜哭郎，过往的君子念三遍，一觉睡到大天亮。念三遍的是我的名字。这个名字是我祖父取的，我排在"士"字辈，而无锡县志里关于我的一位不凡的祖先，明末清初围棋大国手过百龄公有一句评语"其人雅驯有士行"，正好用这个名字来纪念他。同样是民国年间围棋国手的祖父过旭初先生该是多么希望我能继承家传，成为一代国手的。他要是知道以后我未能满足他的愿望，也许会给我取个别的名字。

贴出的纸条不大管用，到了夜间大人都发怵跟我睡觉，只好轮班。我父亲在南苑机场的储蓄所上班，一星期回来一次。他的休息日往往也是他排班的工作日，常常不能保证一星期休息一次。瘦弱的父亲骑车从南苑回到家就已经筋疲力尽了，再成宿的抱着我当然不成。他想出了一个法子，把我放在他的肚皮上，各睡各的。这个办法很有道理，你说他没抱着吧，孩子却在他肚子上，你说他抱着吧，他却大撒把。到现在我也不明白我是怎么被固定住而没有摔下来的。据他说这招很灵。而我却怀疑是我依然嚎啕他不曾听见。因为他的宿舍在机场，飞机昼夜起降，轰鸣不止，那么大的噪音都搅不了他的清梦，何况这婴儿的啼哭。三十多年后我自己有了孩子才体会到带孩子缺觉的苦，真是不养儿不知父母恩。

后来我看了一些婴儿保健方面的书，夜哭大概就是严重缺钙。我的脑袋成了方形，很大，很扁，没有后脑勺，我姥姥在上面又画了一张脸，把看我的阿姨吓了个半死。这个脑袋很快又遇到了乙型脑炎的打击。蜷缩在东单三条儿童医院的病床上，我一天被抽四次脊髓化验。我母亲心疼了，要求出院。医生说如果出院后果自负。会是什么后果呢？一是生命危险，一是后遗症——呆傻。母亲不听劝阻，强行把我抱走了。死马也得当活马治呀，我们就投奔了中医"小儿王"。没想到老先生药到病除，不仅如此，我的智商除了计算功能外，其他似乎反而更好了。我多次向医生谈起此事，他们都摇头，说不得脑炎肯定更好。其他人对待此事都是幸灾乐祸，幸亏有一回脑炎，不然你还不成了科学家。太无知了，没得脑炎就能成为科学家吗？那没得胃病还不成美食家啦？

此后我还有三次脑震荡，一次是五岁时在百货大楼狂奔滑倒，后脑勺摔在水磨石地上。一次是八岁时在学校操场，一同学玩吊环，其他同学都去摽在他身上，我再上去，他已不支，一下松手，八九个人都砸在我身上，我后脑勺着地。还有一次是二年级时从女生玩的压梯下经过，被一随梯腾空而起的硕壮女生踢中眉骨而倒，也是后脑勺着地。这三次都是当即昏迷。不过没有明显的记忆力受损的迹象。我能从收音机里播出的相声节目中，一次记住几段绕口令，或是一回评书，比如袁阔成先生的《萧飞买药》。当然是记几年，不是一辈子。现在要是验证，我只记得萧飞打了川岛一郎一拳，把他槽牙打掉俩，吐了一个，咽了一个。二十年后我曾向袁先生本人谈起川岛的牙，他也绷不住乐了。他哪里想得到当年一个小包袱，竟然激活了一个儿童的幽默细胞。

后来我发展到看一部电影可以记下全部台词。现在当然不成了，经常是把所有电影的台词记成了一部。那时候一切好玩的都要背下来，从街头艺人的贯口，到被批判的电影台词。其中有两段被我用在我的话剧里。一段是三十四年前，和平里一个变戏法儿的念的，我在寒风中站着，脚都冻木了，他不变戏法老是臭贫，我都要走了，他突然念道："有个老头儿七十七，娶了个媳妇八十一，生了个儿子九十九，养了个孙子一百一。他孙子到南京做买卖，回来生了他奶奶。"真没白挨冻。这段儿后来用在了《鱼人》填湖一场。

还有一段是三十三年前，小报上刊出《清宫秘史》剧本供批判，现在想起来纯粹是扩散，里面有一段真实记载的当年义和团的祷告词："天灵灵，地灵灵，奉请祖师来显灵。一请唐僧猪八戒，二请沙僧孙悟空，三请二郎来显圣，四请云长关夫子，五请济颠吾佛祖，六请江湖柳树精，七请飞镖黄三泰，八请前朝冷于冰，九请华佗来治病，十请哪吒三太子，带领天兵快来临。"我当即记下。这段词后来也用在了《鱼人》中。后来每与人对背诗词而不抵时，我就念起这段咒语，顿时对方枪法大乱，此计屡试不爽。

当知青的时候实在没得背,我还背过老乡的《新名贤集》,里面有"六畜兴旺猪为首,五谷丰登粮领先""不笑补不笑破,就笑日子不会过""新三年旧三年,缝缝补补又三年"。为了两天不干活,我背了一年的《参考消息》,给全连做了两次国际形势报告,内容一样。第一次是例行公事,第二次是特烦加演,太精彩了。副指导员认为可以成为保留节目,过期也不怕。那一年的重要新闻是中国加入联合国,乔老爷带队在美国大出风头,我则在北大荒免除体力劳动十六小时。托他的福,愿他在天之灵安息。

姥姥家

　　我在水磨胡同长到三岁。那所院子是旧农民银行的宿舍。姥姥家住在东跨院。北面正房三间前廊后厦，磨砖对缝。房前一棵是枣树，还有一棵并不是枣树，是海棠。姥姥、姥爷和三个舅舅住。大舅是烈士。大姨一家先是和我们一起住，后来搬到二十四间房胡同。三姨在郑州铁路局工作，四姨上大学住校。后院是三间佛堂，低矮昏暗。把佛龛请出后，我们一家住东边一间。有一条窄小的夹道可通正院，是我儿时捉迷藏的地方。还有一道面北而开的后门通牛角弯胡同。

　　这么一大家子人全凭我姥姥支应。当然她也有招架不住的时候，不然怎么在我母亲小的时候把她给了二姨姥姥，把大姨给了大姨姥姥。姥姥是程七奶奶一流人物，天不怕地不怕，小时候缠足就敢把裹脚布撕开。家人都发愁她以后怎么嫁出去，谁想五四以后她倒对了。她的脾气是太姥爷惯出来的。我姥姥家的历史就是一部讨伐史，从民国延续至今。太姥爷陈德麟先生是前清保定陆军学堂教官（蒋介石先生就是这所学校毕业保送日本留学的），后任豫北镇守使，萧耀南接任后，他又升任两湖巡阅使，中将衔，是直系军阀。国民革命军北伐时，他正在湖北任上。打他的一位英勇的团长正是他三女婿的胞兄。这位团长后来作为国军的代师长在红军反围剿时被王宏坤将军（解放后任海军副司令员，上将）的部队围困在苏家埠四十八天，最终战死，轻如鸿毛。我姥姥记得逃出武昌后，怀抱大舅坐小船过长江，炮弹炸得水柱四起，险些倾覆。她没有料到怀里的婴儿二十年后作为解放军与国民党部队激战，牺牲在怀来战场，重如泰山。解放后天下太平，没仗可打，其他三个舅舅为了房子互相讨伐，一个舅舅三十一岁气病而死，轻如鸭绒。

我姥姥的婚姻富有传奇色彩，天津法租界她家的楼下，常有一英俊高大的青年夹着课本经过。太姥爷颇为属意，派人了解后得知这位青年是中法大学的学生，叫高鸣初，据校长李石曾先生（焦菊隐先生的舅舅）介绍，该青年品学兼优。碰巧大姨姥爷和这青年的胞兄（就是后来北伐军的那位团长）是清河军校的同学，出面做媒，于是高陈两家喜结秦晋。陪嫁颇丰，珠宝首饰不说，就是家具哪堂拿出来也比马未都展览过的强。

姥爷婚后先是被太姥爷介绍到粤汉铁路局工作，说到这儿我遇到一个排辈的麻烦，就是我母亲的爷爷和姥爷我应该怎样称谓？是不是都叫太姥爷？还是一个叫老姥爷，一个叫姥爷爷。书面语排除了母系的外祖父辈，是父权社会的宗法遗弊。或许哪天见了清史专家朱家潘先生才能请教明白。我提供两个书面称谓供有志于血缘称谓研究的同志参考：一个是外曾祖父（母之祖）；一个是外曾外祖或外外曾祖（母之外祖）。或者分成"一外"和"二外"，不学外语，也不用承认学历。一家之言，意在抛砖引玉，愿与大家共勉，早日攻克难题，为我中华亲戚文化再填补一项空白。此事断不可倚赖洋人，他们溶祖父和外祖父于一炉，姨妈姑母与aunt齐飞，舅舅叔叔共uncle一色。他们是不论辈分一律按一二三四排队。比如英王亨利二世是亨利一世的外孙，亨利三世是亨利二世的孙子，亨利五世是亨利四世的长子，亨利六世是亨利五世的儿子，亨利七世与亨利六世虽是一母所生，却不是一个父亲。江山已归外姓。不爱江山爱美人的爱德华八世和肛门里被妻子派人插进烧红的铁叉而致死的爱德华二世相隔六百年。其间不仅有亨利七世的变动，还有亨利七世的曾外孙女之子詹姆斯一世做皇帝，詹姆斯一世的王位传给曾外孙乔治一世，乔治一世的曾孙女维多利亚的曾孙才是爱德华八世。这个漫长的过程经历了多少老姥爷和姥爷爷，或是外曾祖父和外外曾祖父或是老姥姥和姥奶奶或是外曾祖母和外外曾祖母。看来攻克这一难题的要点一是"外"，二是"曾"。特别要当心的是曾外和外曾或是外外曾和外曾外。我想仿照"有点方为水，无头俱是言"这样的草字歌诀或是"秋处露秋寒霜降，冬雪雪冬小大寒"这样的节气歌来编一篇亲戚歌帮助大家识别，又恐在这对社会关系实行减法的年代遭人冷落。

我姥爷后又被他胞兄介绍给他清河军官学校的同窗好友东北军王以哲将军做秘书。西安事变后王以哲将军代张学良将军节制东北军，被东北军激进分子刺杀。当天晚上王将军还邀姥爷在他房间下榻，姥爷睡不惯火炕告辞而幸免于难。东北军被编遣后，姥爷来到庐山军官训练团任上校文书股长，后经孔祥熙的侄子介绍离开军队到农民银行任职。抗战胜利后作为接受人员从重庆到张家口农民银行做襄理。辽沈战役后，国民党撤退金融力量，农民银行第一站是飞衡阳，然后飞台湾。机票都给了我姥爷，他又不去了，托辞北平也得需要人而来到人心动荡的北平，实际上下了脱离国民党的决心。他最痛恨国民党的腐败，早在西安东北军中就向往延安，因患有肺病不能吃苦而作罢（按，去了也躲不过康生）。抗战时，他就托人捎信给在冀中老家的大舅，让他去找八先生（按，即八路，非今之卖涮羊肉者）。大舅遂参加区小队，拔据点，摘灯笼奋勇向前。其实摘灯笼（按，遭入炮楼，将敌之照明灯笼掠去）有打草惊蛇之虞，不如直接拔据点干脆。

从天津来到北平，我姥姥只带了一个首饰匣，里面除了陪嫁的珠宝还有我姥爷一生积蓄的一些金条，此外有一支外国管儿灯，我姥姥爱它光明异常而不忍释手，一路保护有加。下了前门火车站雇洋车去厂桥新家，下车时只顾管儿灯而忘了首饰匣。失去了财政支持，全家顿时陷入窘境。我姥姥要报案，姥爷制止，说："这是上帝令汝选择光明放弃财富，汝不可违之。"到了"文革"，我姥姥庆幸丢失了财宝。我当时倒是替那个拉车的担心，为这匣人见人怕的珠宝他不知要吃多少苦头。好在后来"文革"后财宝发还，或许拉车的儿孙用它再开个出租车行，买几百辆夏利吃车份儿也不失为一种生活。但上帝缘何令伊选择财富而非光明呢？想必是上帝考虑到交通运输必须加大投资力度。

在水磨胡同的时候，我成为人见人爱的孩子。南屋漂亮的杜太太总夸我干净懂礼貌。她烧得一手好菜，一开饭，院里的孩子就来围观。她统统轰走，而独召我陪膳。我则不去，她必须再三催请，我姥姥恩准后，我才穿着开裆裤矜持地入座。无奈家教太严。

为了看我，把二姨姥姥从河间农村接来。她是我姥姥的二姐，青年丧夫，中年丧子，由于一直守寡而受到四个侄子的尊敬，在家独掌四房家政大权。她不仅自己眼里有活儿，更不让别人闲着，把客人支使得团团转是她的绝技。她最大的功劳是看大了我母亲。抗战期间，我母亲和她在老家躲避战乱，感情甚笃，称她为娘，我则管她叫姥姥，亲姥姥加以"大黑"二字区别。因为她老人家面黑。大人不让我叫，我一时忘记叫出后，姥姥大笑，这不是准了我驾前称黑吗？于是一直这样称呼她到我二姨姥姥去世，才将"大黑"之号去掉。

孟母三迁我认为极有见地。我虽然没像孟子那样学过猪叫，却玩过比那个强不了多少同样属于下九流的游戏。那时水磨胡同吃水是水车运来，倒脏土则有人摇铃。有一天不知是谁拿来一个大铜铃给我玩，我就每天吆喝"倒土"不止。我觉得那是一个很神气的工作，撮完垃圾，等汽车开动后，才飞身上车，扒在车后，绝尘而去。后来有人问我长大想干什么，我就说"倒土"，问者必黯然神伤。再大一点我又爱上了掏茅房，此事与刘少奇主席接见时传祥无干，纯为好玩儿。把一个凳子倒背在肩上，权作粪桶，手提一个水舀子，喊一声"厕所有人吗？"其乐融融。余兴未尽，四十年后我又写了一个关于厕所的电影剧本。

还有一种剃头的玩儿法也有意思。小时护头，一理发必哭，后来即以此法加诸大人，没人愿受此罪，只有二姨姥姥心软让我折磨。其实理发也是虚拟。床单倒是真的，围在她身上，把她的纂儿打开，用手做剪刀状，嘴里发出剪刀的声响，不一刻即"剪断"她万千烦恼丝。两岁多孩子的小手在她头上掠过，她就笑个不停。她后来得了半身不遂，脚没人给收拾，就提拔我当差。她的脚是三寸金莲，永远不给人看。我却不觉得有什么可看的，弯屈的脚趾下都是灰色的死皮，触目惊心。我能用一把普通的指甲剪剔、剜、剪、锉给她拾掇利落。我去北大荒后还曾经写信问起她的脚现在是谁管，她很感动，逢人就说没白疼我。

水磨胡同开饭时候是两大桌，我母亲下班晚，回来再吃已然是残羹剩饭。从我姥姥老家雇了一个人帮着做饭，一个人帮着做活，做活就是缝补衣服，洗洗涮涮，包括做鞋，做被子。吃饭的人太多了，大家都吃不好。我的一些水果点心就成了二舅觊觎的目标。二舅比我大十六岁，三舅比我大六岁，四舅比我大三岁。东西有的吊在房梁上依然不翼而飞，二姨姥姥一算，那俩舅舅够不着，只有上高中的二舅有嫌疑。可也不便说破，就坚壁清野，用对付鬼子的一套来对付二舅，谁知不论你藏在什么地方，二舅都能发现，比鬼子精明多了。二姨姥姥没辙，就跟我母亲商量搬家，我母亲一想，只好如此。

择邻处

　　新家在王府井菜厂胡同，就在中国儿童艺术剧院的后身。穷家好搬，那边支起两副铺板，这边打几个包袱，二姨姥姥带着我坐上一辆三轮儿。拉车的就是后院儿厕所对面的街坊，经常打老婆，据说他是国民党军官，有历史问题，拉完我们没多少日子就被捕了，肯定不是为了打老婆。我们走那天下着雨，透过三轮车的雨布，可以看见长安街马路上的行车线不断往后退去。这一幕终生难忘。那一年我三岁。

　　新家是我父亲操办的，什么便宜买什么。那时候住平房家家有一口水缸。我父亲买的缸一盛水是漏的，他是南方人，人家看他不懂就蒙他。水缸锔上以后改盛粮食。买了两个凳子别提多破了，一个杨木的已经糟朽，一个榆木的倒是结实，现在还在我母亲的凉台上摆放花盆。这俩凳子一红一蓝，还不一个色儿。我小时候掏茅房就是这俩凳子，我和大妹妹一人一个，她背杨木的轻点儿，我背那沉的。我父亲还买了一口铁锅，炒饭时候由他亲自杵漏了。二姨姥姥不停地嘱咐："常德，用不着那么大劲儿。"也许是劲儿不算大，锅太次了。可别人用怎么没事呢？从那儿起姥姥家人就说南方人倒不过脚来（糊涂），其实南方的劳动人民照样能干，北方的知识分子在生活上一样笨手笨脚。我们也常常学着大人的样子取笑父亲。有一天他大怒，拿起笤帚疙瘩要教训我们。我们吓得大哭，二姨姥姥却笑得喘不上气来。原来父亲从未打过孩子，这笤帚是太阿倒持，把我按在床上，他也发现不太顺手，干脆用笤帚苗儿扫我的屁股，太难受了，还不如打一顿呢。

菜厂胡同的家也是银行宿舍。两进院子，带一个跨院儿。我们叫后院儿。后院的房子是棚子改的，里院的五间南房是上房。我们住外院的两间北房。在这个院子里，我们家住了二十七年。我真正记事，长大成人是在这里。这个院子长期保持在十户左右。院子里有一群般大般小的孩子，是我中学以前的主要玩伴。初到新家，有一年多不准我出屋。夏天傍晚，或是星期天，别家的大人不是带孩子出去散步，就是逛公园。我父亲则从来不带我们出去。常常是别家的大人见我可怜向二姨姥姥求情："让星星跟我们出去玩儿会儿吧。"我小名叫"行"。姥姥的河间口音就叫成"星"，别人就误以为是灵长目，

88

索性叫成"猩猩"，哪儿有那么老实的猩猩，成天一动不动，坐看云卷云舒？

祖　父

　　祖父过旭初先生在别的地方住，他来的时候总是和叔祖父过惕生先生一起。祖父大排行第二，叔祖父排行第三，我们叫他三爷。两位老人都是奶油老生，风度翩翩，白皙的皮肤，修长的身材，一口浓重的徽州口音，他们的话我基本上一句也不懂。二姨姥姥背地管他们叫毛侉子。我也这样叫，被四舅呵斥了一顿。四舅对他老人家有特殊的好感，因为困难时期祖父给姥姥家送去过一条炸黄花鱼。

　　祖父一九〇三年生于安徽徽州(现名歙县)察院前大街。

　　先祖过百龄翁是明末清初一时无两的围棋大国手。有《仙机武库》、《四子谱》、《官子谱》等作传世，原籍江苏无锡。高曾祖过梦钊公为前清举人，授徽州府府学教授，遂举家从无锡迁居徽州。

弈名闻远近。曾祖过铭轩屡试不第，只是一个监生，承祖上遗泽在府学前开设乾和（仁记）古玩书画店，往来多围棋名手。祖父髫龄学棋，曾拜皖南高手许甫廷为师，一年后六县无敌手，有神童之誉。十八岁远游，长居沪上。

一九二四年，我家世交安徽省议员江友白先生来歙县，和同乡省长公署秘书张翰飞先生一起敦促段祺瑞的外甥陈众孚先生向段祺瑞举荐祖父去下棋。陈写了介绍信，上海地皮大王程霖生先生资助了路费，祖父遂北上。

到京后住在侯位胡同一号程的公馆里，并供给伙食。恰逢祖父的老师前清翰林许承尧公也在此处下榻，便由他老人家托甘肃督军张广建将陈的介绍信呈给段祺瑞，但是段没有马上召见。一天，日本棋手来京，与在京高手对弈，祖父竟获冠军，当时井上孝平五段来京，所有京师高手一律授俩子，全不能胜，祖父竟胜（今棋谱尚存）。此次友谊赛祖父获冠军的消息报纸上刊载了，段祺瑞的公子段宏业是当时的围棋高手，见到消息便向段祺瑞介绍，段遂约祖父前去。祖父听说段宏业棋力高，不喜欢别人放水，而段祺瑞则输了恼羞成怒，赢多了看你不起。所以他精心下了两局，一胜一负，数目在一两目之间。段氏大喜，遂答应每月津贴祖父的生活。

一九二六年"三·一八"惨案发生后，在全国人民的声讨中，段祺瑞下野，先是寓居天津，后前往上海。

祖父也来到上海，寄住在静安寺195号程霖生的公馆，常到一些茶室手谈，曾与前辈棋手吴祥麟对局，一举胜之。

在上海，祖父受到同乡前辈黄宾虹老画师的提携。在他主办的刊物《艺观》上刊登了祖父的弈话与棋局。黄宾虹公还给上海《时报》负责人狄楚青写了一封介绍信，说："旭初英年劬学，游艺棋枰，去冬来沪，略与一二名流手谈，无不佩其精诣……"狄氏是上海文化名人，早年留学日本，归国后在沪创办有正书局和时报馆，大力倡导围棋。在《时报》辟围棋专栏，刊登对局和棋话，并出版过《新桃花泉》、《棋圣道策全集》、《中日围棋对局》等棋谱，对当时的中国围棋事业起过积极作用。狄氏把祖父介绍给浙江巨富张静江、张淡如兄弟。静江先生是国民党元老，与蒋介石关系很深。它们兄弟都酷嗜围棋，每天在府上招待棋友，免费供应上等烟茶和丰盛晚餐。像祖父这样的高手还每月赠送津贴。故棋界有"北段南张"之说，视如救星。

黄宾虹公对祖父始终关照，这要提起过家和黄宾虹公的交情。黄宾虹公与我曾祖同出一代宿儒汪仲伊的师门，而祖父的岳丈汪松川公的儿媳是黄宾虹的叔辈黄太史崇惺的孙女，故与黄家有姻亲之谊。在沪期间，祖父向黄宾虹公请教诗书字画颇多受益。

一九三五年，祖父和叔祖父去了北平，翌年秋，黄老受北平故宫之邀审定字画，曾与祖父、黄羲先生一起居一斗室，朝夕相处，相聚甚欢。后来黄老定居北平，还帮祖父兄弟筹办棋社，并捐画赞助。卢沟桥事变后，祖父兄弟南返，全靠变卖黄老的画作盘缠。一九四八年，祖父在京创办燕京棋社，黄老闻知即以乾隆时的旧纸作《烟云

一九七一年，回家探亲，与祖父（右），叔祖父（左）合影。

腾空》图一幅志贺，只见山峦苍翠，云霞吞吐，黄老兴尤未尽，题诗云："……山脉、水源、道路、画理如棋子，子皆活为胜。"

祖父与叔祖父是在旧社会的夹缝里求生存，依靠各方面的力量使围棋薪火相传。他们先后于一九二八年在上海创办了南华弈社，一九二九年在汉口创办了中华围棋社，一九三二年，应顾水如之邀在张淡如和王子健律师的资助下，在上海创办了名声远播的上海棋社。一九三七年，他们在北京中山公园的四宜轩开设棋茶馆，并与崔云趾发起创办名震一时的北平围棋社。七七事变后祖父兄弟主持了江西上饶的中国围棋总会江西分会。一九四三年，他们从江西回到徽州，在有小上海之称的屯溪主持中国围棋总会的东南分会。

抗战胜利后他们重回上海与顾水如、刘棣怀再度打出中国围棋会上海分会的牌子。

一九五二年，祖父兄弟到北京请李济深副主席支持筹办棋社，并通过陈毅同志向中央请示，最终得到批准，成立了新中国第一个围棋组织——北京棋艺研究社。这期间祖父奔波往来，立下大功，那个时候的报告文件往来，还有档案留存。没有那个时候的百般努力，百废待兴的中国围棋是排不上队的，而老棋手们一旦星散，围棋的传播就会成为大问题。什刹海南岸，张之洞的豪宅做了北京棋艺研究社，棋迷们很享受了几年优雅的环境。

在新中国，祖父兄弟受到李济深、陈毅、方毅、金明等公的关怀与爱护，事业发展，生活安定，使他们的晚年放出了火花，在培养青年棋手上做出了突出贡献。

在战火纷飞的年代里他们克服出版的困难，编写翻译了不少围棋著作，对推广围棋做了大量工作。祖父一九三五年在北平期间曾参加了《北平围棋特刊》的编辑。

一九三七年，七七事变之后，北平沦入敌手，祖父变卖了黄宾虹的一些字画，只得了三十块大洋，和叔祖父踏上了南归之路。谁知刚出城门，就被日本哨兵扣押，他俩一没有通行证，二是南方口音，引起汉奸和日军士兵的怀疑。正在千钧一发之际，来了一个日军小队长，他从叔祖父的包袱里翻出了一本日本出版的《棋道》。他用日语问："你们会下棋？"祖父这才想起会几句日语，马上回答："是的，我和桥本宇太郎、井上孝平先生下过棋。"小队长问："你是几段？"祖父答："专业三段。"小队长一个立正，说："我是冈山县的木村，业余一级，初次见面，请多关照。"他特地开了一张临时通行证，祖父他们凭着这张出自敌国围棋爱好者之手的临时证件闯过了北平城外十七道关卡。

谁也没有料到那本救了他们命的《棋道》到了徽州老家的码头险些要了他们的命。那本《棋道》被翻出来后，马上作为日军特嫌被押解到了警备司令部。第三战区总监部的副总监缪启贤听说后马上赶来，将办案人员大骂一顿，接走了两位国手。叔祖父留在总监部当了上尉预备员，祖父到胡检汝负责的三战区战时粮管处做了中校秘书，主要是用围棋启发军官的作战谋略。三战区在战时抢救围棋有功。

对祖父与叔祖父印象最深的就是他们的手。手指细长而绵软，白皙细腻，夹起围棋子的时候说句毫不夸张的话，其潇洒无与伦比。再就是吃葡萄。他们俩是不厌其烦地把葡萄的皮剥掉再吃。困难时期也是这样，他们一剥葡萄皮，我就想起"吃葡萄不吐葡萄皮，不吃葡萄倒吐葡萄皮"。想想看，吃葡萄剥皮其实是对的，比嚼完了再把皮吐出来更合理，也更雅致，尤其是节省唾沫。吃橘子只是嚼嚼，把汁液咽下，其余的一律吐出。二姨姥姥说他们傻，因为橘梗是败火的。他们的手，被我用在了话剧《棋人》中何云清的身上。他们的话我只有一个字听得懂，"好"，有时候是几个好一起连用，其实并不代表任何意思，只相当于"喔"、"啊"。这几声不置可否的"好"三爷说得最有味道，棋界他的弟子们最爱模仿这个"好"字。

髫龄时，每涂鸦，两老人必到，并且必在我的作品上加以修改。三爷好用米点，在我的马身上，点得到处都是，我也不敢反抗。祖父爱用皴法，我的鱼也统统被他皴过。后来才知道他们是受黄宾虹公的影响，总看大师作画，就把他的山水技法到处搬用，也不管是花鸟走兽、鱼虫虾蟹。我当时想不明白，为什么二老不自己在家画画，偏要联袂跑到我们家来过瘾？

四十年后，我发现了祖父少年时代画的一张山水小品，的确有黄宾虹的味道。黄宾虹公对我祖父一直照拂。他前后送给我祖父一百多幅画。九五年我去台湾，许伯允兄说这些画值几亿新台币。可这些都被祖父卖的卖，送的送，早就一张不剩了。有一幅陈毅副总理委托祖父向黄宾虹公求的画，交给周总理送给了斯大林，这幅画现藏于俄国冬宫。

"文革"期间，祖父还把一幅米芾的山水藏在我家，"文革"后期他拿走后，就再也没见过。七十年代，他还拿来过一副老云南子，晶莹剔透，装在一对紫檀木的南瓜瓣盒里，据说，一颗棋子民国时值一块光洋，两盒三百多颗。他让我父亲出十元钱留下。我们父子爱不释手。没过一年，他给了我父亲十块钱，拿走棋子，一百元让给了沙鸥先生。我们都很舍不得。沙鸥觉得可能不值那么多钱，但是为了帮助祖父，还是要了。大约又过了五年，祖父又把它原价赎出，一千元让给了一位朋友。后来没来得及再赎，祖父就一病不起。现在我才知道，一副新做的红木棋盒都要一千元。光那紫檀的老棋盒也得上万。那副棋子的价值应该在五万元左右。老人家把我们这儿当成当铺了。

二位老人的口袋里总装着高级香烟。掏他们的口袋，把香烟拿出来，留下漂亮的烟盒就像发了横财。同伴们都羡慕这些烟盒，劝我和他们玩儿扇三角，好把它们赢过去。我没有上当，因为我干不过他们。这些烟盒一部分给了四舅，一部分留了许多年，直到它们失去了颜色，我不再喜欢它们为止。那些好闻的烟草味道最终导致我少年吸烟。他们来我家小憩，常送一盒中华、红蓝牡丹这样的香烟给二姨姥姥。她舍不得吸这么好的，就攒起来，留给客人吸。她忘记了我开始长大，终于能够爬到后窗台上，偷拿香烟。"文革"时，我吸这些烟，有的已经发霉。第一次吸烟，天旋地转，想吐。那滋味真难受。可是不知为什么人在学坏的时候那么有毅力，不学会决不罢休。

在革命不是请客吃饭的"文革"年代，祖父请客吃饭乐此不疲。"文革"时他失去了工作，也没挡住他下馆子。他们是吃公东，几个人轮流请客。轮到祖父的时候，他往往要带一个生人去，这样这个人下次就会再回请大家。队伍越来越庞大。我也曾叨陪末座，只是年纪还小，不在回请之列。于是祖父就把大家让到我家喝茶。也算是还礼。有一天他实在身无分文，带我到街上喝了一杯牛奶。可能是觉得有点不好意思，他开始夸牛奶好，时值隆冬，说你看牛冬天不穿衣服，也不冷，这都是小时候喝牛奶的缘故。当时只觉好笑，并没有学过逻辑，不知他错在哪里，现在想来既然学牛喝奶，总得学得彻底，索性连草吃了岂不好？

这样一位讲究口腹的老人九十岁上却得了食道癌，只能靠输液维持生命。可他仍然心血来潮让我表妹去皇城根一家西餐馆买奶油鸡茸汤，只是汤端回来后，他却咽不下去，浓稠的白色液体在口腔里打个转就吐出来。他的眼里充满委屈，观者无不动容。从此我不在他面前提吃，以免他的龙涎出来不能收拾。

我对祖父开始感兴趣是在对围棋感兴趣之后。在我小学一年级的时候，他曾建议让我到文化宫少儿围棋班受训。聂卫平兄弟就在那个班里。我不去，因为我对棋，对于计算不感兴趣。后来大了，到北大荒去，有人听说过老的孙子在九团，特地老远来会我，由于我真的不会下棋，只能乘兴而来败兴而去，我就觉得对不起人家。

七零年回家看病，就开始学棋，那时已经十八岁了。先是为了应付以后将要在北大荒度过的无聊岁月，后是为了彻底脱离知青生活。因为聂卫平靠着出色的棋艺已经从嫩江的农场调到国家集训队专门下棋。我想急来抱佛脚，如法炮制。祖父一来我就拖他下棋。他可以让我把棋盘摆满黑子，也不能赢。差得太远啦。本不该由大学教授来教小学生。他跟我下棋毫无兴趣，有一次我去里屋拿棋盘，等我搬出棋盘后，他老人家却已溜之大吉。我追出去，见他已然走到了胡同口，眼泪一下子涌了出来，要知道我这是在谋生呀。这不是见死不救吗？可他们就是这样，宁肯花大量的时间和更有天赋的孩子下棋，也不跟我费劲。后来，我返城了，不必拿棋来谋生了，索性就把它当作消遣。

叔祖父曾经教过我一个八王走马的死活套子，精彩异常。我向祖父卖弄，祖父说八王有什么了不起，我教你一个十王走马。后来我向叔祖父提起，他就笑。

祖父主动要和我下的一盘棋是在二十年后他弥留之际，他让拿棋盘过来，要和我下盘棋。晚报的吕会民在场，祖父让我三子，他落子如飞，我也不好多想，数子的时候，由于要还子，一下搞错了，是他赢半子，后来再纠正过来就是和棋。他对纠正的结果眼里流露出来不满。他一辈子不计较胜负，放水的棋不知下过多少，唯有这人生最后一盘棋他是希望赢的，然而却空欢喜一场。

祖父留给我的东西不多，一个是香烟夹子，非常厚重，是我上小学的时候向他要的，他也不问我的用途，是否染上不良习惯，就把它给了我。一个是书，《古文观止》和《幼学琼林》。那是在"文革"大抄家的日子里，我母亲在街坊的煽动下，刚刚把一本我的《西游记》烧了。祖父神色严峻地来到我家，从怀中掏出这两种书，让我收好，嘱我大一点了好好读读。这两种书的纸都不太好，又黑又粗糙，大概是困难时期印的吧。后来我冒险把它们带到北大荒，那时候只能读马列，这两种书始终没机会读，后来返城后才读过。其中的《滕王阁序》是我真正认真背过的，祖父病重时，我向他提起往事，他似乎还记得，于是我就吟诵了两句，到了"落霞与孤鹜齐飞"时，他的眼里闪烁出光芒，一起和我接诵"秋水共长天一色"。他想起了往事，觉得书没白给我，我一定是认真读过了，我在报社写的好文章，一定是这两本书打下的基础。

还有一套《吴清源全集》是我一九七二年第二次从北大荒回京探家向祖父要的。这套围棋著作使我成了吴先生的崇拜者。它陪我度过"文革"后期那难熬的岁月。虽说看吴先生的著作对我的水平而言太高了，可光看热闹就足够动人心弦的。在书中我追随他征战，看他和木谷实创立新布局，那时候想的是什么时候能一睹吴先生的风采。不过几乎是不可能的，中国和日本尚未恢复邦交。不成想二十七年后我见到了这位围棋史上最伟大的大师。日本新国立剧场上演我的话剧《棋人》，日方邀请我赴日，问我有什么要求。我提了两个：一个是看看奈良；一个是见见吴清源先生。日方回答看奈良易，见吴清源难。后来他们终于联系成功。吴先生有了回话，说过士行的祖父和我有八十年的交情，到时候一定来看戏。可我仍然不敢奢望，毕竟是八十五岁的人啦。

一九九九年七月一日晚上，仙风道骨的吴先生偕夫人提前四十分钟来到东京新国立剧场与我会面，送给我一篮鲜花表示祝贺。他拉住我的手说，您的祖父是我的前辈，我第一次吃涮羊肉就是您祖父带我去的，是在西四一家店里。您祖父当时让我一先，我还输了。没想到大师就是大师，对故旧的后代这么诚恳。这些往事不提也罢，提了只是为了捧我的祖父，表示对他老人家的尊敬。这让我充满感激。吴先生还兴致勃勃地看完了全剧。

因为排这个戏林兆华用的是前卫手法，很多人不喜欢，我特意嘱咐吴先生不看光听就行。先生果然闭目听戏，一副听京戏的派头。到了铁丝网拉起，灯光骤亮的时候，吴先生睁开了眼睛和他的夫人相视而笑。随着剧情的发展我和林兆华开始担心起来，因为那个将要突然爆响的爆米花机器离吴先生太近，会不会把老人家吓着呢？事实证明担心是多余的，吴先生纹丝不动。原来比这更大的动静他都听过，那是二战期间美军轰炸东京，吴清源先生正在和他的恩师濑越宪作在第三期本因坊分组赛中比赛，空袭时，他们刚钻进防空洞，一颗炸弹就在对局场的外面爆炸；而吴先生的师兄桥本宇

　　一九九九年七月一日，吴清源大师莅临东京新国立剧场，观看日本演员演出的话剧《棋人》。

太郎在广岛和岩本熏争夺第三期本因坊，濑越做裁判，棋盘上正在酣战，美军投下了原子弹，爆炸中心离赛场十公里，强大的冲击波把赛场的玻璃都化为乌有，而对局者安之若素。这样的境界使我这个在剧本中写下"就是原子弹爆炸我们也要岿然不动"的台词的作者很是羞愧，原以为夸张得不得了，结果竟然真有此事。我们总想在作品中俯瞰生活，写出来才发现生活在俯瞰我们。散戏后，吴先生拉着我的手说，这个戏写的是下棋人的痛苦，好，好。

我给祖父造成伤害的事情只有一件。一九七二年，诗人沙鸥的二公子建文跟我的祖父学棋。祖父那时被单位停发工资，沙鸥为儿子付了学费，一方面期望儿子有个前程，一方面接济祖父。建文天资聪颖，很快就达到了让四子稍紧的水平，超过了我。他们父子有一天得意地跟我说起建文的进步，说祖父认为建文是三子的水平，很快就会达到两子的水平。我当时就觉得这里有水分。于是脱口而出，这是祖父放水。沙鸥闻言脸色大变，建文倒很豁达，因为他了解祖父，也知道自己的棋力，大概既不像我说得那样低，也不像祖父说得那样高。总之，他的棋还是有希望进步的。可是我的话断送了祖父的束修，更严重的是伤了建文的面子，沙鸥大概在气愤中嘲笑了儿子，一个与世无争、极要面子的孩子后来就不再学棋，并且永远地消失了。事情的严重还远不止此。叔祖父过惕生先生逝世的时候，沙鸥发来唁函，深切哀悼。祖父虚岁九十岁病逝的时候，沙鸥没有来唁函。现在两位老人或许连同建文都已作古，这个疙瘩永远也不会解开了。

这都是我对建文的棋艺不服气引发的,伤害了三个与我关系不一般的人,这个遗憾是永远无法弥补了。

在祖父弥留之际,我给他读了聂卫平的传记,里面提到祖父曾经和他下过上千局指导棋,祖父细腻的棋风给了少年时代的卫平很深刻的影响。祖父动了感情,热泪盈眶。在日本著名的木谷道场,像小林光一、大竹英雄、武宫正树这些内弟子都没有机会和木谷师傅下过几盘棋,上千局可不是个一般数字。

一起曾经度过了八十年岁月的昆仲变得形单影只。叔祖父先祖父三年去世,享年八十三岁。祖父送了一副挽联,说噩耗锥心。这之后三年,祖父也因癌症逝世。

叔祖父

　　叔祖父的儒雅没有人能比得了。其实他没有受过什么正式的高等教育，从外表到骨子里是天生的儒雅，不是学能学得来的。七十年代初，他在沙鸥家的丝瓜架下下棋，年幼的进文（沙鸥的三子，后来的散文家止庵）以为他是仙人。他的辉煌时期是在六十年代，得了第三次全国冠军之后他就引退了。他的绝技是弃子，口头语是"都丢了就赢了"。不是下围棋的人不知道个中奥妙。原来恋子是一种痼疾，九段也在所难免。棋盘之上从古至今演出了多少大龙被屠的悲剧，皆因为恋子。叔祖父经常是故意送给对方子吃，到最后还是他赢。他这样的人最不愿意背包袱，一生崇尚自由。棋艺境界如此，大概也影响到生活观念。漂泊江湖的时候他先是弃掉了家室，是我祖父给他接来照料。

我在七十年代他最倒霉的时候追随过他。那时候棋界的人都被下放到基层做杂务。他先是在什刹海体校看大门，管分发报纸。我从北大荒回来探亲，去体校找他下棋，他经常是谈理论多，不大和我下。吴玉林六段（当时初段）好像是在游泳场当救护，也常能见到。受了两年种地之苦后在那个有电扇的传达室里听他们说棋界的往事，忘记了天气的炎热，恍入仙境。我很羡慕发报纸的工作，这比种地要轻松多了。可这种工作是全国冠军才能享受的，吾辈何德何能可作非分之想？后来想靠下棋谋生，天天缠着叔祖父不放，他的修养真是好，既不打击我，也不鼓励我，偶尔谈些棋理，你也可当作生活道理来听。在那种逆境里，他一直没放弃研究棋。想想我不知耽误了他多少宝贵时间，真是一阵阵羞愧。可当时顾不了那么多，求生的欲望使你无所顾忌。

叔祖父的续弦夫人有心脏病，为了不让落子声吵了她，叔祖父在桌上铺了一块海绵，上面放了一张软软的塑料棋盘。别小看这张棋盘，许多高手都在上面摆过棋。聂旋风从日本回来后，在这张棋盘上一口气复了五盘棋向恩师报捷，有对吴清源先生的，有对藤泽秀行先生的，有对加藤正夫的，有对武宫正树和石田芳夫的。聂卫平倒背如流，根本就没有棋谱，全凭记忆，让人敬佩不已。二十多年后，得知吴清源先生的全集里有几十年下的一百多盘棋，也是全凭记忆复现的，更觉神奇，仅凭此，吾辈就没有资格靠下棋为生。岂止如此，连棋子都不配摸。可为了谋生管不了这许多。我不想种地，尽管陶渊明种过，诸葛亮种过，我还是不想种，特别是不想在异乡种。再说他们是玩儿票务农，我得专业屯垦，这里面的劳苦他们哪里体会得到。后来不论是以车工为生还是以编剧为生后才知道这都比种地还难，天下本来就没有容易的事，只要你想把它干好。我打棋谱，看对局，后来还当过两次国际裁判，裁的是中日友好围棋比赛。那是在北京饭店，有免费的中华香烟和点心招待，当同桌的一位裁判（两人负责一桌）认真记录的时候我则大啖奶油蛋糕，他则不时用眼角的余光溜一下，看看是否已经告罄。免费吃点心，这在全国还凭粮票的年代里有如提前进入共产主义。后来这种机会就没有了。因为有一次全运会比赛，马贵田老师所在的少年宫作场地承办，调我去帮忙，后来借调延期没有通知我所在的工厂，引起工会主席的不满，以后再有类似的活动就不让去了。

叔祖父是吃味精的好手。有一次他当着沙鸥的面大勺大勺地往汤里放味精，吓了沙鸥一跳。其实他平时吃的比这个多多了。他没有什么不适，头发一直到了八十岁还是黑黑的。所以我一看到美国人被宣传误导，吃中餐味精过敏我就来气，味精是日本人发明的，他们吃日本料理为什么不晕倒？完全是因为当时尼克松来北京吃过烤鸭后中餐太火，美国的媒体眼红，就开始降温。他们的小麦种子都由除草剂搅拌后才播种，他们的牛肉里有大量激素他们怎么吃着挺好？偏见所至。

我在叔祖父家干过两件蠢事。一件是关于书。七〇年的时候我回家探亲，在叔祖父家乱翻书，像个小强盗。把他的几十本《棋道》翻过以后，又把住在他家的三奶奶的哑巴外甥的书拿走了，有《茹尔宾一家人》、《多雪的冬天》等一批小说。我看完后又用哑巴的所有小说和同院的小伙伴换了一本他爸爸的学习用书，是艾思奇的《辩证唯物主义和历史唯物主义》，我把这本书背下来了。后来哑巴托叔祖父向我索还这些书，我只好再向同院一本本要回来，而他爸爸也在追查艾思奇的书，这本书我耍赖没有还他，他爸爸把他揍了一顿。

另一件事是前国民党将领宋希濂先生带着他从美国回来的公子到叔祖父家下棋。他的公子是教钢琴的，留着长发，穿着一件旧中山装。对局前他从口袋里掏出一个比赛用计时钟，这对于比较在意用时的人来说非常有用。谁用了多少时间一清二楚。他们下完后叔祖父留他们吃便饭。我不懂事，多喝了杯啤酒，红头涨脸的要跟宋希濂对弈，宋没有过着棋瘾当然想下，但又怕饭后再打扰多有不便，所以有些犹豫。叔祖父当然觉得天色已晚，他也累了，想早点休息。不过既然我已提出要求，他就表示希望我们下一局。结果我在酒力作用下昏昏欲睡，溃不成军，宋公子用奇怪的眼神看着我，大概心说放水也不能这样放。这盘棋宋希濂先生肯定不领情，说不定还会为我的失态生气。他们走后，叔祖父只淡淡地说了一句"这盘棋可以不下"，就再也没说别的。他自己丢了面子却还顾全我的面子，长辈的涵养真是我们所达不到的。

他在八十岁高龄的时候还在坐公共汽车为围棋事业奔走。那时候公交车非常拥挤，打的还很困难。一次挤车，他最后一个挤在车门口，被一个追来上车的小伙子扒下来摔在地上。汽车和小伙子都跑了，一位好心的女士把他送到医院，结果是大腿骨骨折，在医院一住就是几个月，都快好了，一屁股坐在椅子上把胯骨又弄折了。从那儿开始，他的身体每况愈下，没有两年就去世了。

他再一次因为肺炎住院的时候曾经问我他的病要不要紧，我看他的眼睛已经塌陷，后来养鸟才知道靛颏一塌眼就没救了，人鸟其实一理，我看着他的眼睛说了一句唯物主义的话，我说人的寿命由天意，天留人一定能留，天不留人医院也留不住。他听出了弦外之音，眼睛里湿润了，闪烁着泪光。我顿时后悔不迭。没想到八十三岁的人还是那么热爱生命。他同屋的病友很生气，要我不要胡说。唯物主义看来在医院是不受欢迎的，有时候谎言更显得人道。而人道也许比治疗本身更重要。

他是一位纯粹的人，一生清贫，除了围棋他没有别的，直到临终前他关心的还是围棋，常常问起，擂台赛几比几了，中方还剩谁。在他能动的时候，他手里摆弄的唯一东西就是棋子。

我的父亲母亲

我的父亲过常德先生是祖父的次子，忠厚善良。他一生都在付出，很少索取。他在少年时代就经我祖父介绍到江西景德镇银行工作，解放后祖父托李济深副主席介绍他到人民银行工作。他在南苑一干就是几十年，从来没有提出过调进城里的要求。祖父经常提醒父亲他的工作是祖父给介绍的，所以父亲结婚时他非但不拿一分钱，还把父亲准备拍结婚照的十元钱拿走请了一桌客，而这桌客人没有一个送礼的，我想一定是祖父平时欠人家的情吧。母亲因为没有照成相耿耿于怀，十年后补照了一张，不过那时候已经不兴披婚纱，父亲身穿哔叽中山装，母亲上身穿了一件开身毛衣。母亲还觉得没有过瘾，三十多年后又把这张照片通过电脑改成了婚纱照。我觉得除了头是他们的，身子无一处是他们的。一对陌生人的身子安在我的亲生父母身上让我不舒服。

我和父亲经过了一段相当长的磨合。在我小的时候他很少带我们出去玩儿，偶尔高兴了给我们讲同一个故事，这是个拿警察开玩笑的故事。有父子俩走在大街上，儿子忽然要拉屎，父亲看看四下没人，要儿子赶快拉。儿子刚刚拉完，忽然远处来了一个警察。父亲灵机一动，把帽子扣在屎上。警察来到跟前问他们干什么。父亲说刚刚逮了一只鸟，请警察帮助看一下，他们马上回家去取笼子。那年头的警察很好说话，当时就答应了。父子俩逃之夭夭。警察等了半天不见人影，心想不知那鸟怎么样了，就悄悄掀开帽子，慢慢把手伸进去，突然一抓，结果就甭说了。二舅说这个故事他小时候就听父亲讲过。

父亲带我去看他下棋，我总吵着不看。我喜欢活物儿，什么乌龟青蛙都爱养，我认为天下最好的工作就是在动物园喂动物。而这些他都不喜欢。那时候春天胡同里有卖蛤蟆骨朵的，一毛钱给捞一碗。有人买了就当时喝了，说是败火。我恨这些喝蛤蟆骨朵的，有人申请把我刚买的喝了，被我严词拒绝。我把蛤蟆骨朵养在罐头瓶里。这些小家伙生命力真是强，什么都不吃居然长出腿来，可是一到三条腿出来、第四条腿要出的时候就会大批死亡。我就琢磨，原来它是在水里喘气，长成青蛙要在水面喘气，我这罐子太小，它长时间露在水面有困难，应该加大容器体积，降低水位，最好有水有沙滩，这样它能上岸休息。我就用了一个尿盆盖儿，中间放水四周铺沙子，再

一九五八年，全家合影。左右为父母，中后为二姨姥姥，右一为作者，其他两小孩为两个妹妹。

一九七四年，从北大荒返城后刚刚当上徒工，全家合影。

用纸围一道墙，防止它们逃走，因为它们会蹦。我把这个物件放在了吃饭的八仙桌上。在一个风雨交加的夜晚，电闪雷鸣之后，成群的有发开的黄豆那么大小的青蛙爬上了"沙滩"，父亲当时就急了，让我把它们都倒了。尽管它们生长在尿盆盖儿中，出身卑贱，可这都是生命呀，怎么能倒了？他尤其反对我把尿盆盖放在桌上。

那个时候他就看出我恐怕不是可造之才。我竟然敢提出将来不上大学，因为有字典可以查字，上了也是浪费。这个观点后来在"文革"中得到毛泽东的支持，甭说大学，连中学都停了。但是我看书从来没停过。

我父亲不看书，只看报，而我是不看报，只看书，大多是小说。我母亲常从单位图书室借回小说来，她看得慢，我就抢着看。到了"文化大革命"的时候，我们小学的教师图书馆被砸，书扔得到处都是。我就去捡了几本，大多是俄国和前苏联的。有莱蒙托夫的《当代英雄》、屠格涅夫的《父与子》、托尔斯泰的《安娜·卡列尼娜》、《普希金诗选》、《克雷洛夫寓言》、果戈理的《死魂灵》、高尔基的《在人间》、诺维科夫·普里波依的《海在召唤》、卡维林的《船长与大尉》。有一套《莫里哀喜剧选》一共三卷，好像是赵少侯翻译的。还有一套《红楼梦》，扣在一个脸盆下，显然是有人特意留下的，我把它们一起拿走了。事隔多年我想不起来这些书是怎么抱回家的，因为这一大摞书对一个小学生来说分量不轻呀。

父亲终于发现了这些书，他很生气，要我把书还掉。为此我还挨了一巴掌，这是他第一次打我。为了这些书我费了不少脑筋，全还吧，太可惜了；不还吧，父亲真可能到学校调查。最后我决定把一些《鼓手的命运》之类的书还掉，把名著留下，转移到我三舅那里。当我把一摞书还给历史老师的时候，我生怕他给我开收条，因为如果上面写明是什么书，一共多少本的话就会露馅。没想到历史老师根本没有要开收据的意思。我想这部分书他不会眯了吧。给三舅的书也很快散失了，他的工厂同事借书从来不还，所以我对工人没有好印象。从北大荒回京探亲，去找三舅要书，一看全没了，我差点哭了。后来他得了癌症，过早地离开了人世，死的时候才三十一岁。

如今这些书没什么稀罕，任何一个书店都有，可当时全国的文艺类书都被禁了，只有《欧阳海之歌》还暂存于架上，没过多久也被取下来了。据说书名题字是由"××毛泽东"组成。最后书店里只有毛选。在那个年代，这些名著带给了我多少激动和冥想。如果我还有什么人性保全住的话，这些书起了不小的作用。它们使我不至于陷入愚昧和暴力之中。

林彪事件之后，全国对极左思想有所批判，远在北大荒的我接到父亲一封诚恳的信，对当年他不许我看小说一事表示道歉，我大为感动。那个年代没有父亲向儿子道歉的，父亲总是对的。后来我返回北京，父亲容忍了我的抽烟喝酒等一切不良嗜好。考进报社成了记者后，我发表的所有文章他都收集，当我离开报社，看不到我的文章后，他一度惶惶不可终日。到后来我们父子之间的唯一联系便是下棋。这真是手谈，人间有许多欲说还休的事，不如下盘棋更有意思。我们一边下棋一边感谢祖先给我们留下的围棋，没有围棋我们父子现在不会玩到一块去。

祖父在世时，每星期日要到我家吃顿饭，即便是家常菜他也从不缺席。有时他还带几个客人来。其实吃饭已不重要，行使父亲的权利很重要，吃饭成为象征。我成家以后由于环境所限，没能满足父亲，他起初对不能模仿祖父感到伤心，但很快就放弃了这一权利，并且自我宽慰说，此一时，彼一时。

父亲晚年对我很关心，可惜我琐事太多，终日忙忙碌碌，不能在他身边多待一会儿，尽尽人子之道，对此我充满内疚。

我的母亲高秀杰是外祖父的二女儿，大排行第三。她是个脆弱敏感的人。我更多地继承了她的性格。

母亲很会持家，用当时一百二十元的收入养活六口人，并且还要负担姥姥和祖父的一小部分生活费。在她的操持下，还添了几件马马虎虎的家具。她让我们兄妹穿着整洁，并且从不当着我们说家里财政方面的问题。她认为孩子如果知道家里没钱就会自卑，如果知道有钱就会自傲。孩子就应该关心学习问题。但是她四十五岁的时候终于垮了，得了神经官能症，家政交给了我。那时我才发现不管如何节省，每月总差十元钱的缺空。十元大概相当于现在的三百元吧。

母亲对我的影响有两个：一个是看话剧，一个是看小说。搬到菜厂胡同银行宿舍以后，离儿童艺术剧院和北京人艺都很近，母亲总是买最好的票带我们去看戏。给我印象最深的是看前苏联的话剧《以革命的名义》，两个小孩儿在父亲被白匪打死以后只身去莫斯科找列宁，一路上充满艰险，最后他们如愿以偿。覃琨和方菊芬扮演那两个小孩儿，迄今为止，我认为她们是我见过的最好的演员。而这个戏的作者也是我最佩服的作者之一。八十年代还有他的新戏《红茵蓝马》在青艺上演，他一辈子就写列宁，老了老了却更加前卫。他让列宁的情人——一个法国人，第一次出现在舞台上；而毛泽东的情人却始终不能出现在我们的舞台上。

小学二年级的寒假，母亲借了一本《林海雪原》，我用一个星期的时间看完了，这是我第一次看长篇小说，对书里的小白鸽很是钟情。三十年后听我岳母说，小白鸽是她的同事，是一个高大粗黑的山东姑娘，我很失望。我反对研究小说的生活原形，尤其反对红学，那些对号入座和牵强附会的解释只能使作品减色，因为它破坏人的想象。而一切文学作品要建立的就是可贵的想象。

到了"文革"开始，"破四旧"的时候，母亲强迫我把一本《西游记》烧了。那是一个精选本，字典纸印刷，非常精美，五毛钱！其实不烧也没人知道，母亲被吓坏了，不愿意惹事。这本书让我心疼了许久。

我和母亲唯一的一次争吵是六六年我十三岁的时候，他们管我太严，我受不了，就毅然离家出走，我表弟知道后也模仿过我一次，但都以失败告终。离家后我到了姥姥家，姥姥到郑州三姨那里去玩儿，家里只有三舅和四舅。三舅问明原委，并没有说我对还是不对，他下去打了个电话就把我出卖了，他把我哄骗回家，交给我母亲后才让我母亲对我严加管教。这一切在我大了以后使我想起《连环套》里的窦尔敦被人出卖。母亲大怒，说你有本事走呀！我立即扑向放粮票的抽屉，因为没有粮票有钱也没用，买不着吃的。母亲马上挡住了抽屉。这件事怎么了结的我忘了，反正是我的人身自由受到更多的限制。因为胡同里有几个流氓，我和他们很熟，母亲怕我学坏。其实他们对我很照顾，并没有拉我去做坏事。有一次我因为好奇要参加他们的一次斗殴，还被他们支开了，他们大概是怕由于我的加盟而影响成绩。

这一切母亲是不相信的。流氓认为我是书香门第，应该从事脑力劳动，而流氓是体力劳动，我不能饯他们的行。他们的错误是反对脑力劳动和体力劳动相结合。我在思考为什么很多成长中的少年爱和流氓来往。恐怕是流氓的无政府主义态度和自由放纵的生活方式。如果我们的教育中少一些假正经，多一些人性，可能流氓的魅力会大减。在极左思想盛行的年代里，社会的时髦东西一直由流氓来领导，从军装到喇叭裤，从蛤蟆镜到摇滚乐，后来一直扩展到文学和影视。话剧还好，流氓嫌太费事而且因为钱太少有所不为，否则搞点先锋不至于这么奇货可居。

一九七二年我回家探亲的时候，母亲正值更年期，情绪反应强烈，种种不顺心的事把她摧垮了，她得了严重的神经官能症，有时候歇斯底里发作。在护理她的日子里我寸步不离她左右。父亲照旧是不请假，有时候星期天还值班，看病喂药做饭一切事情都是我来。为了哄她开心我甚至一个人给她说相声。大概有一年的时间她才慢慢恢复。在那段难熬的日子里我有一种大厦将倾的感觉，才更加体会到母亲对我们的重要。就在那一年我突然长大了，知道了要挑起全家的担子，人得有责任感。

猫

在我上幼儿园以前我被禁闭在家中，不能和别的孩子一起玩耍。

由于不能出屋，我每天只能扒着窗户往外张望。一只大猫黄昏时候准时由东往西从对面长满野草的屋顶上走过，非常可怖。它还故意向我打量一眼，见我怕它，这才龙行虎步地走了。据说这是一只野猫。有一天它没有出现，再后来还是没有出现，我开始猜测它的结局，但是这样一只凶恶的大猫有谁敢把它怎么样呢？我那时决不会想到，人要是想打它的主意大多它是逃不脱的。这只大猫四十三年后成了我的话剧《坏话一条街》中没有出场的主角。

我对猫没有什么好印象。水磨胡同姥姥家有一只老猫，奸懒馋滑，经常偷吃东西。它也背过黑锅，我的零食丢了，也曾经怀疑过它，但是后来发现橘子没了，再后来姥爷的皮大衣也没了，才将它排除。最后大家还是决定把它扔了。三舅把它装在书包里，挂在车把上，后座带着我，因为我坚决想看到这一戏剧性的场面（按，残忍之心从此时起）。来到建国门外护城河，把它从书包里拿出来，扔到桥下，大约就是现在建国门立交桥处。我们骑车回家。一进家，发现它早已捷足先登，正在桌上大啖鱼头。我和三舅顿时对它感到很敬畏。后来姥姥说这只猫已经扔过不只一次，它甚至从通县跑回来过。那是把它装进木箱用汽车带走的，都没用。它看不见，又不能在地上留下气味，凭什么找到了回家之路呢？难道它有鸽子的能耐？对于它的神秘，姥姥概括为猫有九个魂儿。这只猫由于狡猾而得善终。

后院儿牛子家搬走以后，长期没人住。到了"文革"抄家时，就成了银行堆放上缴来的硬木家具的库房。红木、紫檀，甚至黄花梨都有，一直堆到房顶，落满尘土，谁也没拿这些玩意儿当好东西。后院没有大人来，只有我们几个半大小子偶尔来神侃。一天，我们发现有一只野猫在家具堆里下了一窝小猫。可是我们却够不着，于是起了杀心，决定将大猫打死。

整个计划由我制定，我骁勇的表弟手握一根红木椅子腿守候在窗外。那里的窗棂掉了一节，大猫每次都由此出入。我则入内用竹竿把猫赶出。其他孩子站脚助威。一切都在预料之中。大猫蹿上窗台，试图像往常那样挤出窗户，就在它前身探出窗户的时候，外面的表弟一顿乱棒，猫惨叫，怒目圆睁，突然飞身上了房，身上还带着拉断的一大块窗棂。我们全看傻了，惊魂未定地议论这只猫活不了。但是想起姥姥说过猫有九个魂儿，不能不心惊肉跳。

入夜，猫在房上呼儿唤女，凄厉挠心。我们都蜷缩在被窝里不敢出来。第二天，再去看那窝小猫还在，我们想把它们掏出来，还是没有成功。又过了一天，小猫没有了，受伤的老猫把它们一只只叼走了。也许正是母爱使它顽强地活了下来。八十年代，汪曾祺先生在《北京晚报》一分钟小说里发表了《虐猫》，看得我一阵阵脊背发凉，先生对儿童的残忍多么了解，简直入木三分。施在没有反击能力的弱者身上的残忍要是遇不到打击，会愈演愈烈。比如六中的红卫兵小将把一个老工友活活烫死。

用　火

　　六十年代以前用火都是煤球炉子。早上起来升火是一个辛苦的工作。二姨姥姥五点多钟就起来了，用废报纸把劈柴引着，再把煤球倒进去，然后是浓烟滚滚，大家全都起床，相对无言唯有泪千行，熏的。剩下的煤沫子再摊成片，切成块儿接着用。因为每天升火太麻烦，有人就发明了封火。用煤和成湿泥，盖在火上，上面扎几个眼儿透气，第二天用的时候再挑开。封火不太好掌握，不是半道灭了，就是烧乏了，而且容易中煤气。到了冬天得安烟筒，舅舅们就派上了用场，他们干活儿麻利，不一刻就停当了。我父亲不会安，永远也不会。到了春天，拆烟筒还得是舅舅们来，把烟筒刷洗干净两头用报纸裹上，吊在屋檐下。

后来煤球改蜂窝煤，升火添煤都方便多了，只是火没那么硬了。由于火不能自动控制，闲着也是闲着，二姨姥姥就永远坐一把水壶在火上，水开了就送街坊。院儿里的双职工或是单身汉没少用她的开水。炉台儿上常常烤着的菜包子、馒头片儿、糖三角可随时享用。有小孩儿的，还在炉台上罩一个铁丝架子，上面烤着褯子。也有的是连褯子和馒头一起烤的，出来的味儿是混合香型。

六〇年的冬天，二姨姥姥升火的时候一头栽倒，得了脑血栓，抢救脱险后落下个半身不遂的毛病。小时候总认为和升火有关，对她老人家的病总有这么个解不开的结。上中学以后有个张斜眼儿气我时就骂："我×你拽子姥姥。"我就恨不得杀了他。可当时正抓阶级斗争，他爸爸张猪头是修自行车的，虽然老拿杂牌零件偷换人家进口原装的，毕竟还是工人阶级，只好忍了。前两年我从馄饨侯门口经过，手里恰巧有一把羊肉串钎子，扎瞎他那一只眼是绰绰有余，加上现在工人阶级也算不了什么，弄不好可能还下岗了，顿时怒从心头起，恶向胆边生。望望街对面他住的地方，已经改成香港美食城了，报仇无门，英雄无奈，只好化愤怒为力量，在他家的遗址上吃了半斤基围虾，喝了两扎啤酒完事。

七十年代推行石油液化气罐，大大方便了生活，只是要求液化气放在屋外，并有围墙遮挡，这下开始了搭建小厨房的运动，所有的砖好听点说是捡的，不好听的都是偷的，谁家也不趁砖窑不是。再经过地震后私搭乱建，四合院完全成了没法下脚的破烂市。空间被破坏后，人的心情也大坏。邻里之间也不像五十年代那样融洽，吵架斗气的事每每发生，令人沮丧。由于用火方便了，烧水做饭都不成问题，二姨姥姥的开水也就多余了，她就显得有些寂寞，加上我们都大了，住房紧张，她要求回老家去，没办法，只好委屈她老人家。

想起小时候她给我讲牛郎织女恍如昨日。什么罗成心狠，赵子龙浑身是胆都是她讲的。她喜欢曲艺，相声、鼓书她都爱，母亲专门给她买了个收音机，从五十年代一直听到七十年代才换成半导体的。我对曲艺的热爱也是受她的熏陶。记得她还绘声绘色地讲过诸葛亮草船借箭，鲁肃怎么在江心的小船里面吓得哆嗦，诸葛亮怎么若无其事地喝酒，我查遍了《三国演义》也看不到那么细腻的描写。后来看了京剧，才知道那是《群英会》里马派的演法。"鲁子敬在舟中浑身栗抖"是很有名的唱段。到现在，难得一听的收音机一响，我还总以为她一边喝茶，一边听呢。

吃 水

　　十户人家，几十口人只有中院一个水管子，后院还有一个，但是很少有人去用，牛子家从后院搬走后，我有时去那儿打水，直到有一天撞上一个比我大的姑娘在屋子里偷偷洗澡这才不去了。

　　早上起来，水管子处最忙，人们纷纷接水洗涮。中午用水倒不紧张，因为大家都上班。晚上时间充裕也还好。到了星期天，水管子没有闲着的时候。全院只有一个水表，在一米多深的水井里。水钱按人头均摊，孩子算半个人，有亲戚来加四分钱，养鱼的加四分钱，养花儿的也一样，很少因为水钱闹矛盾。

　　到了冬天，夜间寒冷，水管子容易冻，就必须关水门。总节门关了后，水井到水龙头处还有二十米的管子内有余水，如果不排出，一样会冻。必须打开水井内回水龙头，用嘴在水管子那头猛吹，把水排干净。关水门之前要让各家知晓，打足用水。此事我干得最彻底，不仅每家喊到，而且反复督促，以至有不忍心者，再多打一次以示体恤。吹回水时有人敷衍了事，第二天水管子不出水，才知回水没排净，只好用开水烫之。我回水从未发生如此事故，每次必吹得干干净净，两腮生疼。有一天太冷，水管子粘下我嘴唇一块皮，鲜血直流。想想那时，几十口人用一个水管子真是不可思议。八十年代人变得自私起来，有一家单接了一条管子到自己家的厨房，公用水管子的水流一下子变细了。幸好没人仿效。

污　染

　　我们的院子就在百货大楼的附近，它那里有个高大的烟囱，一冒烟，我们院子里就落灰，晾晒的衣服上都是。最扫兴的是夏天在院子里摆上饭桌吃饭，天空忽然降下黑灰。那时候不懂得要求赔偿。（按：要求了也不会赔。）后来治理了污染，灰没了，院子也没了。因为百货大楼扩大，九十年代把这整整一条胡同都拆迁了。

　　院子旁边是个街道办的乳胶厂，专门生产橡胶手套和避孕套。它那里是冒黄烟，有一股刺鼻的硫黄味。这个厂招募的都是社会青年，就是没有考上高中和大学的青年。看他们上下班是一件有趣的事情。因为社会青年的着装在那个年代是比较大胆的，瘦腿裤子飞机头不算什么。穿得虽然时髦，但是单身的非常多，因为他们是街道工厂，不但挣得比国营的少几块，就是比集体的都少。就差这几块，就不好找对象，现在叫拍拖。其实那会儿有些风流女性，是不计较收入的，一拍就脱。可又被有些人叫做圈子，就是女流氓的意思。像那么朴实而又风骚的女性现在寥若晨星。有一天他们在胡同里用大锤砸一个原料桶，一个叫白脸儿的文弱书生抡锤，数到二十几下的时候，大锤脱手飞上了天，落下来的时候擦着一个小女孩儿抱着的婴儿的脸颊，白脸更白了。这个厂不仅仅是环境污染，还有精神污染。后来这个厂也搬迁了。一下没有了污染还真让人觉得不太适应。

人之初

　　第一次上银行幼儿园的时候，我绝食了，精神恍惚。阿姨见我老要找二姨姥姥，就说你姥姥死了。我问怎么死的，她说跳河死的。我大哭，更不吃了。幼儿园只好让我退园。后来我女儿上幼儿园跟我如出一辙，也是不吃不喝。第二次上的是菜厂胡同幼儿班，不用寄宿，我也四五岁了，不像以前那么恋窝子。那里的阿姨对我很好，一个姓张的阿姨口琴吹得好，我们唱歌跳舞都是她伴奏。还有一架风琴也经常用来伴奏。一个姓李的阿姨脸上有麻子，表面很严厉，其实人挺好。后来又来了一个比她们还要年轻的老师，我没怎么来得及受她教育就上小学了。与我们隔着百货大楼相邻的大阮府胡同还有一个幼儿班，也是街道办的，两个幼儿班的老师经常要联系，就派小朋友做通讯员。她们认为大阮府的通讯员很机灵，我们的得比他们的好，于是我因为口齿清楚，长得好，脸儿白（其实是贫血），方向感强而入选。这样我就可以经常带着鸡毛信奔跑于王府井大街上。我从来没有偷看过条子的内容，也从没有顺便到百货大楼溜达一趟，所以更加受老师信任。

刚上幼儿班的时候我有一个不良习惯，其实完全是小时候由大人造成的。叔叔伯伯们总要你掏个鸡给他吃，甚至一些阿姨们也来凑热闹，久而久之就跟敬举手礼似的，一见人就掏。上了幼儿班后，听讲的时候，手也经常下意识地去摆弄它。后来我发现阿姨用严厉的目光瞪着我，顿时心生畏惧。可仍然积重难返。最后她们威胁要找家长，并且经常当众提醒我，总算制止了我。这件事给人的教训是深刻的，是大人让你关注一件东西，然后又是大人让你漠视这件东西，总之我明白了这东西虽然长在我身上，我却没有权利动用它。他好像是另有领导。他是一个特区，是一个卧底、一个线人。你最好少接触他，否则没你好儿。

那时候幼儿班和苏联什么幼儿园有联系，互赠过儿童画。我的一棵白菜被寄往前苏联，后来就没有下文了，苏联和我们成了仇人，他们找我们要苹果还债，可他们还该我一棵白菜呢！

幼儿班跟苏联学了日光浴。老师买来很多纸墨镜让孩子们戴上，脱光了晒四十分钟，然后冷水浴。我不愿意男女混杂在一起光着，就说我会看表。孩子们是五个一拨，二十分钟晒前面，二十分钟晒后面，四十分钟轮换。全幼儿园就我一个会看表，有一个小朋友只会看整数，一个小时半个小时他会，四十分钟他就晕了。于是我被分配掌握时间。看着一个个同伴赤身裸体暴露在光天化日之下，我则人五人六地在阴凉里和老师谈笑风生，有不识趣的小朋友问怎么还不到时间呀，马上就会受到训斥，那种得意就像是汉奸和鬼子在一起。

在幼儿园里学会了唱歌跳舞，还经常到公园去玩，那是非常开心的日子。有时候会排戏，内容现商量。大班的几个孩子瞎编了一个丢失圣旨的戏，我也不懂什么是圣旨，明明他们手里是报纸。有时候根据同学们的条件因材施教，比如排王子与公主，必然我就是王子，有一个小白丫头演公主。每次都是我们演，别的家长就提意见。

有一个小朋友长得像孙悟空，其实就是像猴儿，他又有沙眼，两眼一挤鼓太像了，而且他有一双雨鞋，高腰的，穿着这双靴子他一吸腿，手搭凉棚你就感觉他已经站在了云端，太让人羡慕了。这比什么王子强多了，他说他会七十二变，我就等着，他说在家才变，他妈不让他在幼儿园变。他说他能驾云，一个跟头十万八千里，我就让他翻，他说怕一个跟头翻出去，幼儿园着急，因为坐火车要好几个月才能赶上他。那个时候民航班机不是普通人坐的，飞机太少。后来我当了记者，李万春先生解释他的孙猴儿不翻跟头跟幼儿园的小朋友的道理一样，我就窃笑。我跟他商量让他把雨鞋带来，我穿会儿，也感觉一下孙猴儿驾云。第二天他没带来，说大晴天的又没雨，他妈不让带。我就梦想着将来有一双自己的雨鞋。

"除四害"的时候，我们到百货大楼的广场去演活报剧，孙猴儿改扮苍蝇，头上戴着一个纸画的苍蝇，我手里拿一个苍蝇拍子等他飞得差不多了，公主也把苍蝇的害处介绍完了，照他脑袋一拍子，他就死了。我觉得演苍蝇更过瘾，如果有人打我，我可以躲两下让他打不着。老师不同意，说我太像好人，而我觉得坏人更有趣，好人太乏味。

"除四害"给我留下了很深的印象，据说北京成了世界上第一个没有苍蝇的城市。紧跟着是把耗子药发给居民，小孩儿负责收集耗子尾巴。翻盆倒罐，清除积水，不让蚊子藏身。最后连一些苇塘都被抽干，许多河流被填或者改成暗渠。蚊子不见少，青蛙倒是没地儿呆了。麻雀成了一个主要攻击目标，田野里设置假人，城里的人都上房，把一切能发出响动的家伙都敲响，换人不换马，响声不能停，麻雀当然顶不住，不光麻雀，喜鹊也顶不住，天空经常掉下鸟来。父亲也上房敲过洗脸盆。我申请上房没被批准。原因是有一天鸟没掉下来，我父亲差点从房上掉下来，他累晕了。对自然界的清理实际上已经显示了执政者的一种心理，那就是求纯，很快对"四害"的清理就变成了对人的"四清"，对"四旧"的清理，对阶级队伍的清理，对文化的清理，清理的结果是一切都失去平衡。

"除四害"和大跃进是挨着的，胡同里的人在大炼钢铁，家里都要砸锅卖铁，吃饭改成食堂。我们住的外院西墙搭起棚子改成食堂。全街道的人都到我们院来吃饭。大鹏的大妈（他家保姆）能两手拿菜刀剁陷儿，一时传为佳话，快赶上贺龙了。开张那天杀了只鸡，唯一带点迷信色彩的是杀鸡之前做祷告，嘴里念着：鸡儿鸡儿你别怪，早晚是道菜。

有一天我撞在一个端着饭的人身上，他把一碗滚烫的菜汤倒在了我后背上，顿时起泡，第二天掉了一层皮。这年夏天我在床上趴了一个月，大家都很关心我，问我想吃什么。我依然是只想吃咸菜，我吃肉消化不了。这点优势很快就显现出来。因为第二年就进入困难时期，食堂没了，口粮定量。男脑力劳动者一月二十七斤粮食，妇女二十四斤，小孩多少我忘了。我吃咸菜就够了而且吃点心恶心。听说有一个人溜进副食店，大吃点心，吃完了一喝水，肚子爆炸了。

我对学校的印象是从小学得来的，以后上中学只有一年半多点儿时间，也没什么深刻印象，在东华门小学正经上完了六年小学。上学那一年是六〇年，正是三年自然灾害时期，其实是人害，由于大跃进的失误，导致经济崩溃，商品奇缺。我的书包是农村来的表舅母用蓝布缝制的，过了两年大妹妹上学的时候给她买了一个精制的帆布小书包，我很嫉妒，强行掉换过来。

学习用的课本和作业本都是又黑又粗的纸张制成。铅笔用短了可以用笔帽接上再用。我曾经创造了一根铅笔用两个学期的记录，代价是写出一笔无法挽救的赖字。

一年级时候学校抓阄，我抓了一双梦寐已久的雨鞋票，老师声明，这鞋必须是自己穿，不能让给大人。幸好有这一条，不然肯定是父亲先穿。母亲说要买大一点，以后还能穿。好像买了一双30的，过暑假的时候我穿着它到姥姥家去。那时候方巾巷口上正施工，是否跟盖北京车站有关就不清楚了，反正那儿有一个大坑，积满雨水。三舅领着我去那儿。一大群孩子都在水里打闹。三舅拉我下去，我不去，说是怕水灌进雨鞋里。他骗我说水不深，只往里走一步。我刚下水，他突然一拉我，一下子水就没到膝盖。泥水打着漩涡灌进我的鞋里，我哇地大哭起来。三舅拉着我上岸，给我把鞋里的水倒出来，可是沙子留在了鞋里，穿上硌脚。他连忙给我掏沙子，可是沙子顽固地留在鞋里，就是弄不干净。他突然生气地喊："就你穿雨鞋，你没看见别人都光着脚吗？"显然，他是对我这么小就有一双雨鞋感到不平衡，因为他比我大六岁还没有。

暗　恋

　　二年级的时候，少先队大队派辅导员来我们班辅导少先队知识。有两个比我们大两年级的女生做我们的辅导员，其中一个的相貌我忘记了，另一个梳着两个短辫，穿着红格子外衣，脸上有一块记。她们在黑板上写有关少先队的知识，有记的女生，我暂叫她记女生吧，用板擦擦黑板的时候，粉笔末越擦越多，我们就笑，她也笑了，一口白牙，带俩虎牙和两个酒窝。她微黑而瘦，在黄昏的斜阳下一下就把我迷住了。从此我开始了三年的暗恋，直到她毕业走了。

　　我跑到她们班等她出来看她跳皮筋儿，放学后在她身后悄悄尾随，直到她消失在深深的小巷中。现在想起来她非但不漂亮，简直就是一个村妞儿，可在她那个年纪村妞儿都显得那么动人。这段经

136

历我跟大导演林兆华有些相似。他在小学的时候对同班一个女生爱慕,也是放学后跟在人家身后。可他们是一个班的,并且他有接触的办法,比我机智多了,他向人家学大字,人家还给他写的字画过圈儿。后来林兆华因家境困难中学辍学提前工作,就与她失去了联系。等到他考上八一电影制片厂,兴冲冲去那个女生家去看望的时候,她早已因肺结核去世了。她妈妈把一张小学的合影给了林兆华。他把那个女生的黄豆大的头像抠了下来,放在夹子里。一直珍藏了二十多年,八几年我去人艺他还给我看过,包括那张画了圈的写着毛笔字的毛边纸。这使我很难过。

记女生根本就不知道我喜欢她,我也没有任何她的照片。第一批发展队员没有我,心里真不是滋味儿。"六一"的时候,第一批同学戴上了红领巾,那激动人心的出旗仪式让人难忘。大概是"七一"的时候,我才第二批入队。我对少先队的感情超过第一批的,因为我不但爱红领巾,更爱辅导员。我曾经向她们班的男生打听过她,好像评价甚低,说"丫傻逼",并且奇怪我打听她干什么。

生病的时候我还在想她。发着烧,我上牙下牙直打架,三舅来我家玩,一看病得这么重,背起我就走,路上他问我想什么,我没吭气,想的只有她。上四年级的时候,她六年级毕业走了,我整整有一年陷入痛苦中。幸亏我很快发现我们班一个新转来的女生更加可爱,唯一缺陷是她个子太高,有个成年人的屁股。喜欢就喜欢吧,却不敢和她说话,并且越是喜欢越是不理她,越是疏远她。那种心理真是不可思议，大了以后我按照这种心理去推测那些躲着我的女性却发现她们是真讨厌我，不是装的，这倒让我糊涂了。也许小学学的一个成语能解答这个问题，那就是"刻舟求剑"。

我对这个女生整整暗恋了两年，上课故意大声说话让她听见，内容都是自作聪明的贫嘴。我成了话痨，一刻不停地说，我不知老师是怎么忍受的，因为我经常插话哗众取宠。比如历史老师讲到义和团当年留下的歌谣，什么"吃面不搁醋，炮打西什库"、"吃面不搁卤，炮打英国府"、"吃面不搁酱，炮打交民巷"，我就接一句"吃面不搁针，炮打杨德深"，下课以后我又想出"吃面不搁盐，炮打王德然"，都是我们同学。

老师讲的歌谣三十三年后被我用到话剧《坏话一条街》中。也不知有多少有希望成为科学家的同学当年受我的干扰而功亏一篑。我自己不但影响了别人也搅和了自己，除了语文越战越勇外，复杂一点的四则运算一塌糊涂。

只可惜她是上海长大的，对北京这套贫嘴反应不大，只是见别的同学笑就跟着笑一笑。后来就是"文化大革命"，停课，谁也见不着谁了。

好在我还有别的爱慕对象。大概上五年级的时候她因为长得像《冰山上的来客》里的真古兰丹姆而引起我的注意，还有一位假古兰丹姆也在我们班，假的可惹不起，她比我们大，蹲班生，你还没招她，她就骂你大头。她以为这是一句很厉害的诅咒，其实我根本不在乎，马克思脑袋大不大？列宁脑袋大不大？就是因为到斯大林这儿脑袋小了点儿就犯错误啦，脑袋大聪明。后来三舅反驳说也不一定，大象脑袋大聪明吗？当时我还来不及研究大象，后来才知道大象就是很聪明，几十年前的事都记得。

真古兰丹姆越长越漂亮，有一个学期我们的座位隔着过道相邻。她上课时候悄悄换裤子，原来是把裤子穿反了，被老师损了几句。她只是娇憨地笑笑埋下头去。她做作业的时候两肘架在桌上，透过T恤衫的袖口可以看见饱满的乳房，我眼前一黑，不敢再看。后来为了调整视力换座位，我们挨着，角度不行，看不见了。有一天下课，我看见她玩儿一个水碗，里面有一个金钱龟，那时候还没有巴西龟。这只小龟有五分钱硬币大，可爱极了。我问她从哪儿买的，她说从东单菜市场。于是每个礼拜我都到东单菜市场去，可就是没有那种小龟，实在等不及了，我买了一只烧饼大小的甲鱼，装在一只小奶锅里拿回来。卖龟的是一个胖师傅，瞪了我一眼说："这玩意儿可贵着哪。"我说："我有五毛，够吗？"胖师傅说："干什么用？"我说："养着玩儿。"胖师傅没说话，把甲鱼扔进我的奶锅里说："下回别来啦。"为了买这甲鱼，上下集的电影《攻克柏林》没看，那也是五毛钱。这只甲鱼放在一只瘦长的桶里，水放多了，第二天它嗝儿屁了，我伤心欲绝。

后来复课闹革命我又见着她，更是魅力四射。再后来上中学不是一学校，我就经常到她住的东皇城根等她，先是想看她，后来决心给她一封情书，其实也就几十个字，不过从来没有看见过她出来，也许搬家了。十多年后我已经考入北京日报社的新闻班，一天晚上我回宿舍，从王府井坐103路电车到阜外倒车，突然她上车了，我们在车里认出来了，可是谁都没有勇气跟对方说句话，一愣神的功夫她到站了，转眼就消失在夜色里。后来我当了记者，接到外地剧团的一个来稿，他们团里的一个同志得了急病，到协和医院看病，一位化验室的医生认真负责，这位被表扬的同志的名字和她一样，我知道，她妈妈好像就在协和工作，会不会她作为子女招工了呢？我写了一封信给协和的她询问，也如石沉大海。

从五年级开始，我在这种暗恋中彻夜难眠，一天也就睡五个小时，根本学不进功课，这可能影响了我长个儿。面对越来越大的升学压力我真不知该怎么办。就在这生死存亡的关头，我们的党据说也到了同样的境地，"文革"开始了，所有的学校都停课了，将来有没有学校都难说了，我松了一口气。

停课以后没多久，也就是过了暑假，我就难耐寂寞，打听什么时候开学，其实是想念真古兰丹姆。我丝毫没有要上中学的意识，仍然是到小学去打听。但毫无消息。在那段寂寞的日子里，我看完了《钢铁是怎样炼成的》，受保尔的暗示，我的腿老疼，其实是缺钙，我却以为得了关节炎，银行医务室的大夫也不帮我查原因，只给我打封闭。每当从医院打完针出来，我就感觉我的日子不多了，我会躺在床上口授我的回忆录。我喜欢保尔瘦骨嶙峋的脸，于是我故意挨饿，把脸上的颧骨都饿出来，腰连饿带勒只有一尺七，穿上紧身衣活像一只马蜂。我还饿着肚子苦练哑铃，结果上半身练出僵死的肌肉；我讨厌大屁股，所以不练下半身，结果是两条细腿，中年发胖后有人形容是一双筷子上扎一个馒头。

因为停课，我们院一个在重点中学寄宿的姑娘回到家里。我这才发现原来我爱的人远在天边近在眼前。她有一种冷峻的美，经常以警惕的目光审视着异性，因为她被我们胡同的流氓劫过，一年遭蛇咬，十年怕井绳，她对异性永远戒备着。她很爱干净，外衣一天一换，内衣就不知道了，肯定比外衣还勤。所以她老在院里洗衣服。她还在院子里洗头，乌黑的秀发在脸盆里揉洗，腋毛清晰可见。我正看得出神，发现她头低着眼却睁着，也不怕肥皂沫杀眼，威严的目光简直就像掌管"契卡"的捷尔任斯基。我赶紧逃离了她的视线。

据说她差点考上芭蕾舞团，为什么差点不知道，现在想起来可能是挺拔不够，过于小巧。特别是胳膊稍短。反正那时候她走路已经和专业的没两样，八字脚，胯是开的。我想二姨姥姥年轻的时候一定也是这个走法。

有一次我请她帮我借书，她严厉地说："你看得懂吗？"一口回绝。大概过了不到半年，我已经长成一个矮个儿英俊少年。她突然主动地和我打招呼，对我很热情。我在外院健身，她去大门口搬她的自行车走过我身边的时候必停下和我说话。这是真正的少男少女的对话，她还试过我的哑铃，说："唉呦，真沉！"每当听到她的脚步声，我的心跳得就像蛤蟆夯。有一段时间她出去串联，我就像丢了魂一样。

我常纠集一帮男孩在外院讲故事，她妈妈的后窗户正好开在外院，我的声音会透过窗户传进去。这有点像西班牙青年弹着吉他在情人的窗下唱小夜曲。我没吉他，有把口琴，吹得不好，出来的吐沫比音符多。她的妈妈很好，虽然脾气暴躁，可是一直容忍我们在她后窗云山雾罩地侃到半夜。外界在轰轰烈烈地打派仗，院里我们在如火如荼地讲福尔摩斯。实在没得讲了就瞎编。这一招后来到了北大荒在群雄割据的险恶环境下派上用场，竟然能把各路豪杰吸引到一起听故事，只要我往那里一坐，就有人上烟。

中学度过的是一段无聊的日子，每天出操，还要学工学农。同学之间经常打群架，下手还都特黑。我就经常跳窗而出逃学。有一天晚上，大概是公元一九六八年的冬天，我心头单相思的果实成熟了。我把一张字条给了她弟弟让他转交，上面写着"难道你有什么话要向我倾吐吗？"我在院里从她家窗户望进去，看见她皱着眉头认真地看着字条，她弟弟也要看，被她轰走。我觉得有点不妙，回家了。不一会她闯了进来，痛哭失声，说："你不要欺负人！"这句话我今天才明白，大概十五岁的她把这件事看得和黄世仁对待喜儿一样。说不定这张字条会使她怀孕。她还是老兵儿，怎么这么不解风情。我是认真的。她问："你到底什么意思？"这时窗外已经全是小孩儿脑袋。我颤抖地说："交朋友。"她说："你比我还小呢。"我说："那怎么啦？"她说："我找你们学校！"我一下觉得完蛋啦，我的初恋表达就遭重创，而且还要把人丢到学校去。她转身走了，纸条并没有掷还。我脑子如一团乱麻，想了半天只有一死。

我家离筒子河很近，但是那里已经结冰，想到还要找工具破冰更是心烦意乱。我母亲让我去学校坦白。顶着刺骨的寒风她陪我来到学校保卫组。工宣队的师傅让她先回去，然后问我怎么回事。我说了经过，以为得挨一顿臭骂。没想到他的目光变得柔和了，只问了一句："她哪个学校的？""就这事吗？"然后他让我坐下。如果不是还有别人，他很可能给我一支"前门"抽。他是海军复员兵，从此我对海军更有好感。过了一会儿，一个负责保卫的高个老太太来了，问明缘由也不多说，让我打开毛主席语录第多少多少页，我一看是"资产阶级和小资产阶级思想让它们不表现是不可能的，一遇时机它们就会……"我默读了几遍。这时候不断有打砸抢的学生进来接受处理。她就让我回去。

我连夜买了车票第二天一早坐火车赶到怀柔参加下乡劳动去了。我以为学校一定和班主任联系过了。所以一到村子里我就要求和老师谈话。我们班主任很年轻，她带我来到一个柴火垛里，紧紧地和我挨着。她的头发发出甜甜的香皂气息。我就说了经过，她问的一句话真是让人意想不到："长得怎么样？"我说不知道。她又问："多大了？"我说了。她说："比你稍微大了点吧？"这不是变相同情我吗？原来我做的并不是什么大逆不道的事情，只是早了点儿。奇怪的是大人没有一个骂过我，就连她妈妈也是把她骂了一顿，没我什么事。她妈妈虽然是管人事的政工干部可还是认为没有必要声张。在那个动辄上纲上线的年代，他们充满人道的做法给我今后做一个真实的人树立了榜样。如果他们对我很坏，我很可能就此成为一个虚伪的人，一个冷酷的人。

但是那件事给我的惊吓太大了，我从此对女性产生了极大的反感和不信任，我拒绝和一切女性来往，以至到了北大荒连正常的社交都拒绝，从而引起女性的怀疑，认为我有生殖方面的缺陷。一个长得非常困难的姑娘决心冒着以后没有后代的危险豁出去了和我接触，我居然不识抬举，差点引起公愤。尽管如此，整整三年我还是不敢喜欢任何人。很奇怪，一旦人没有了爱，生活就像地狱一样，一切都变得毫无意义。这就是我全部的暗恋经历。

摔 跤

　　我能有幸接触过中国式摔跤是我的福分。六十年代摔跤盛行，青少年男子无不钟情于此。我小学同班同学"小眼子"的哥哥老二曾经拿过纺织系统次轻量级冠军。他是前清善扑营扑傅郭八爷的关门弟子，跤摔得聪明极了。小眼子跟他趸完了上班里来卖，我总是第一个再传对象，他先教我们如何使绊子，等我们学会了他再破我们。再怎么破他，他不教了，要等到他学了新绊子才教。那时候我正背"白日依山尽，黄河入海流"，他则背诵"欺拿相横"、"通天贯日"、"手是两扇门，全凭腿赢人"、"踢抽弹肘卧，轴折反拧空。绷拱排滑套，把拿掖倒勾"。听着不像唐诗，一问作者何许人也，原来是大名鼎鼎天桥儿撂地摔跤的宝三爷。若干年后他哥哥亲自指点我一个撮窝，我才知道这里的差别，小眼子教的只是皮毛，那种内劲儿，对惯性的利用简直是天壤之别。跟二哥一搭架子，你会感觉对面是一个舞蹈家，不由自主就跟着他走，一会儿就失去了平衡。掼跤里的借劲儿使劲儿让我迷恋不已。二十多年后我和现代舞大师王玫谈论现代舞，我说出现代舞里面充满了惯性，她大为惊讶，引为知音。她问我如何有此发现，我就把摔跤的事告诉了她，并且劝她去教摔跤，设计绊子，她只是笑，没有同意。

第一次和人摔跤，他给我使了个别子，我不知道松手，结果被他砸得岔了气，脖子和半个脸都戳坏了，也不敢回家说，结果致使半个脸和脖子的肌肉都萎缩了。我的跤长得很快，只是体重太轻。差不多分量的很少有人能胜我。后来经常有比我分量重好多的人到班里找我寻衅，行话叫提喽，书面语叫挑战。三十多年后我才知道这些人都是小眼子布置的。我哪里知道，还向他问计。

但是我真的感谢他，这几个绊子到了北大荒派上了大用场。那里五湖四海的青年聚集在一起，打架斗殴的事经常发生。上海青年杨富荣能举八个拖拉机的支重轮，浑身腱子，没有比他力气更大的，因此技压群芳。他酷爱摔跤，可我不跟他一个量级，我才九十八市斤，他有一百四十市斤，一顿吃八个馒头，我才吃俩。他想摔，别人也想看，我们就到场院去比试。没有褡裢跤靴也凑合了。第一跤我给他使了个脑切子，非常脆，他叫了好。第二跤他给我抽了别子，我的腿都飞起来了，连忙喊"有了"，他提了我一把，别看这一提，让你摔得

146

轻点儿。第三跤好像是他使了个抱腿,我讨厌抱腿,因为我腿太细,不值当一抱。别看这三跤,它让我名声大震,省了不少战斗。小汪是我们排长,也是力大如牛,全连的人都服他,因为他干活拼命。他非要和我摔跤,我一连俩别子,砸得他直打晃。天天读之前,我甚至要给连长使绊子,他逃脱了。后来知青返城以后,他为了掩护群众只身跟熊瞎子搏斗,被熊打伤,我听说后懊悔不迭,他是活武松,我算什么? 但是不知为什么动物老跟他过不去,最后他被牛活活顶死了。当然不是同一天,牛也没跟熊联手,它一人儿就办了。

三　舅

　　三舅的大号叫高而康，不是看了琼瑶才取的名，他四几年出生的时候就叫这个。我们这些外甥都叫他康舅。他虽然才比我大六岁，可却比我成熟得多，像个成年人。

　　我对他的好感来自一次童年经历。大约是小学二三年级的时候，我到表弟家去玩，对门是公安局宿舍，有个警察护犊子，不管他儿子有理没理，凡是和人争斗他都管教别的孩子，有时候臭骂一顿，有时候可能还上手。我也有点人来疯，觉得大家都怕他不成，要和他讲理。他下班的时候我们一群孩子正在玩沙土，我就站起来拦住他，告了他儿子一状。没想到他勃然大怒，破口大骂，一下子我不知所措了，感到恐惧。谁知道还有这么不讲道理的大人。我马上就要被吓哭了，这时候上初三的康舅突然站起来指责警察大人欺负小孩，警察愣了，从来没有人敢跟他这么说话，顿时乱了阵脚，灰溜溜地走了。

还有一次是在"破四旧"的时候，我和他还有舅妈在王府井看一群红卫兵宣传什么事情，我看不见，就爬上他的肩头，这时候来了一男一女两个红卫兵，让我下来，说我捣乱，当时红卫兵打人成风，谁也不敢惹。可康舅不管这一套，他把中分往后一甩，故作激动地说："革命热情嘛！"对方哑口无言。特别是女红卫兵，简直把他当成了地下党，都看呆了，根本舍不得揍他。

可是当我们走出没有多远，来到一家毛线商店的时候，两位红卫兵追了进来，递给我们两张最后通牒，上面勒令所有留长发的人把头发去短，不许穿布拉吉。我当时穿的是运动短衫裤、白球鞋，后来这种服装也成了大逆不道。可我们又没军装，康舅接受了这个通牒，他的头发虽然还赶不上去安源的毛泽东，可也属于长发，裤子按红卫兵的要求细了点。舅妈穿的是布拉吉，当然应该接受。

可我们一出商店，就有上千人跟在后边高呼口号。康舅和舅妈躲进了协和医院，铁栅栏把群众挡在外面。后来好像是警察来了，让康舅写了保证剃头的字据，把他们护送走了。有个半大小子嚷得最凶，我恶狠狠地问他要干什么，他害怕了，溜了。我发现从众的人们根本不管是非曲直，他们只想看到他们围捕的猎物遭殃。

我以为康舅不过是权宜之计，没想到过了两天他来的时候真的把头发剃了，别提有多傻了。裤子也肥多了。我明白了红卫兵也好，"文化革命"也好，是专与美的事物为敌的。果然红卫兵很快就蜕化为一伙小法西斯、活土匪。我看了一部写那个时候的电视连续剧，还美化它是什么梦，差点没恶心死。再后来他从单位弄了一个红箍，吓跑了来抄家的红卫兵。

三舅高大英俊，用现在的话说叫帅呆了，这话我分析是一种互动式结构。帅是一个人，呆了的是另外看他的人。我是从他那里知道了还有剧本这种书。他的书柜里有一本《奥瑟罗》剧本，还有一本斯坦尼斯拉夫斯基的书，原来他已经想报考艺术院校了。他跟我说他的功课只有几何不错，别的都一般。他喜欢话剧。

二姨姥姥不知为何总是看不上他，说他从小就被老师找家长，我姥姥怕丢人不去，就托二姨姥姥去，每次必让老师告一顿状。二姨姥姥不让我跟他来往，说他是个白眼狼。因为他父亲也就是我姥爷病重期间，他们兄弟轮流值班，住在离协和医院较近的我家。姥爷病逝的噩耗传来，别人都仓皇奔走，他却镇定自若地梳理他的中分，打理自己停当才上医院。这个细节被二姨姥姥看在眼里，遂到处宣传。

康舅考高中那年，报考了北京戏剧专科学校，看着他的照片，简直就是赵丹再世，听着他的台词朗诵……就是朗诵有点问题，他学的是激情派，大概不大会作小品。结果没有考上，他说人家是为了他好，将来这儿的学生都得上山下乡，培养的都是所谓文艺骨干，必须会说快板，跳舞，不培养话剧艺术家，他来这儿可惜了。

没考上戏校，对他打击很大，他上了两年高中函授，原准备考大学，可是由于他太招人了，老有些满脸青春痘的女孩子来找他，以至于他功课又没学好。后来可能有个女生拉他去北大荒，他拿着户口去办转迁的时候，被我姥姥喝止，说什么也不让他去。

他的所有理想都破灭后，就参加了工作，到国棉三厂当了一名壮工。就是给纺织车间推小车供纱锭。他总抱怨大姨父没有给他找个好工作，活儿太累。后来他就不再埋怨，因为他和一个挡车女工恋爱了。

他甚至开始满足于小康生活。头一次发工资的时候正值夏天，他拉我到一家冷饮店，其实整个东安门大街包括王府井大街、王府大街就这么一家冷饮店。他说你随便吃，我被他的豪爽感动了。我们喝了两瓶葡萄汽酒，有点像前苏联的格瓦斯，吃了双份的冰激凌、鸳鸯冰棍儿，又吃了一大盘刨冰，喝了汽水。最后我眼睛直疼，是冰得疼，肚子也难受，感觉像有一个大冰坨子在胃里。他拉我站起来，我觉得天直发黑。康舅也被我的实在所感动，说你真喜欢吃呀，我每月可以请你一次。那天他花了五块钱，合现在一百五十块钱，他一个月学徒工资的三分之一。我说行了，一次就够了。回家以后，我身上还在发冷。二姨姥姥开始教育我，从福不可享尽说到凉的吃多了伤脾，说现在疼是轻的，老了那才叫难受。我算了算，当时十二岁，就算三十八年后我老了，按五十算吧，脾坏了也受不了，关键是三十八年要一年一年熬过去，还不如趁现在我正难受脾索性一起坏了，赶紧治，以后三十七年它别再折磨我。康舅后来看出二姨姥姥对他的态度，很是愤怒。有一次非要请我去吃一碗刀削面，跟二姨姥姥几乎火并。

他工作一年后，广播艺术团的殷之光通知他已被录取，希望他去报道。二十多年后我曾向殷先生核实过，确有此事。可康舅已经失去了兴趣，没有去。我至今不明白，他既然那么喜欢朗诵为什么不去？可能是当时社会偏见所致，总认为搞文艺的没正经。其实什么是正经？哪有什么是正经的？难道社会本身还不够荒诞吗？

康舅后来又闹过离婚，他的新欢在我看来都不够档次，不知他为什么如醉如痴，他不惜倾家荡产，来维持和她的关系。单位干预了这件事，婚没有离成，还给了他一个降薪留职的处分。一个月只发二十四块生活费。舅妈因为当年未婚先孕早失去了工作。一家三口就靠这二十多块钱。那个时候他已经有了孩子，他没钱坐车，每天抱着孩子从新街口走到十里堡国棉三厂，把孩子托了，去上班，下班后再抱着孩子从十里堡走回新街口。营养也差，他的肝硬化了，后来索性在家长期休养。即便是在最贫困的日子里，他的衬衫也永远是雪白的，衣服总是合体的，当然别脱裤子，那里的味道直到他弥留之际才突然消散。

他是一个豪爽的人，经常当了东西请客，我是经常被他请的人，"新侨"、"老莫"、"又一顺"他没少请我。他也是第一个读我作品并且给予鼓励的人，我们经常在一起聊小说、喝啤酒。那些日子令人怀念。

　　要说我一生中最对不起的人就是他。起因是房子。当时二舅和姥姥过不来，就和三舅对换，三舅跟姥姥住在一起。一共三间房。后来四舅要从外地调回北京，三舅就和姥姥分家，多占了一间，他是怕四舅再占一间。这样一来，二舅就不干了，他要向三舅要回这间房子，他发动群众，先是在亲属中宣布三舅的大逆不道，三舅和姥姥分家时跟姥姥有争斗，然后是宣布房子要回来给我，因为我也到了结婚年龄。有这点利益驱使我当然不能不管，所以站到了二舅一边，开始讨伐我最喜爱的三舅。我们连同四舅，把他砌的隔断给拆了，二舅还打了三舅妈几下。三舅被我拉便宜手没法还手。后来他来到我家，给我母亲跪下请求原谅他多占了一间房，结果没有得到谅解。下着大雨，他骑车走了，回家就病倒了。后来查出他患了胸腺癌，手术以后身体每况愈下，房子大家也就不再要了，但是感情是彻底伤了。他曾经和我说过，我不是不讲兄弟情义，而是我们的兄弟关系实在和你们的兄妹关系不一样。的确，我们的兄妹关系亲密无间，我们互相之间可以为对方作出牺牲。而他们不一样，他们始终在争斗，每个人都首先考虑自己。所以没有谁更有道理，只有谁更合适。在我们家住房最紧张的时候二舅白白退掉两间住房也不说过户给我们家。

　　三舅得了癌症以后，经常疼得大叫。后来街坊提意见，说他太吵，他就从此一声不吭，嘴里咬一条毛巾，浑身冷汗直流，一条新毛巾没几天就咬烂了。我因为参与了讨伐他的事件而不好意思见他，可他病重时却要见我。他已经说不出话来，浑身瘦得像麻秆，嗓子里不断被痰堵住，不能躺着，我抱了他一夜，第二天一早他去世了。

他留下的一句含糊不清的话就是别太难为他们母子。他到死都没有流一滴眼泪，既没有让别人原谅他，也没有说原谅别人的话，异常地平静。取骨灰那天，他五岁的儿子捧着骨灰盒从八宝山的台阶上一步一步走下来，那天天气格外晴朗，可我的心里却没有一丝光明。我不相信人的生命如此脆弱，我不相信那么高大的一个人，为了两间房子和家里人反目成仇的人就躺在这么一个小小的盒子里。人真正需要什么呢？他死于一九七七年，正是贫困的年代，后来的好日子他一天都没赶上。

开追悼会那天，从单位到家属都说了他不少好话，单位没提他乱搞的事，也没提他泡病号的事，家属也没提他抢房子的事，大家都沉浸在悲痛中。可这么好的一点儿没渣儿的人我们这样对待他应该吗？这些好话要是他活着时候能听见也许他病早好了。可是我们却那么吝啬，不肯在他活着的时候原谅他。所以我认为这些好话并不是说给死者听的，而是说给活着的人听的，是为了求得活着的人的谅解，减轻自己心里的负担，证明我们不欠死者的情。可我不这么认为，我认为我一辈子都还不了他的情。我还记得他背着发烧的我从王府井到位于纪念碑附近的银行医务所去看病，我父亲都没像他这样从小呵护过我，也没有从精神上给过我那么大的帮助。他有缺点，但他不虚伪，他敢爱敢恨，活得不窝囊。这在那个人人说假话的年代里，简直是个奇迹。再说了，他能有多大错？他死的时候才三十一岁。

广　江

钟广江是五年级的时候从外校转到我们班的，他个子高大，穿着朴素。他父亲是老红军。一开始我没怎么注意他。外班老有人来找他寻衅，他们倚仗人多势众，经常让广江吃亏。到了六年级第一学期我们成了好朋友，我天天到他家去温习作业。他家的院子很大，是科学院的宿舍，他父亲任科学院印刷厂厂长。在房屋紧张的年代里，他家有六七间房子，是个学习的好地方。我第一次看到《毛主席语录》就是在他家。弄不好，那语录就是他爸爸印的。

其实那个时候我们为考初中而温习功课并没有多大收获，我们更多的是在谈论人应该怎样活着。他有理想，有抱负，就是功课差点。我是语文写作有大专以上水准，算术只有五年级水平。我们的作文里出现了更多的关于人生观方面的话题，作文越写越虚。我甚至整段地引用敢峰的《人的一生应当怎样度过》，不知为什么博学的杜老师总能找出出处，于是我就有所收敛。我们都觉得祖国对我们的期望很大，而我们也一定会成为栋梁。后来实在没有豪言壮语可以切磋，我们就改成骑车。那时候广江的哥哥有一辆新自行车，每天骑着它从骑河楼到太平桥中学上学。他哥哥个子比他还高，所以车座子升得老高，广江骑着都费劲，我就只好跨在梁上骑。这辆自行车给我们带来极大乐趣，忘记了中考就要临近。

我们接触过于密切，得罪了小眼子，因为原来我和小眼子最好，他就暗中指使冬瓜叫来北梅竹的一个小流氓把广江堵在家门口打了一顿。三十四年后，我回忆往事，找冬瓜一核对，果然是眼子的指使。小时候做人常常是香香臭臭，在小眼子的挑拨下，我和广江闹翻了，并且在小眼子的面前跳起来打了广江一个耳光，然后撒腿就跑。第二天上课前我向围坐在火炉边上的同学兴高采烈地形容昨天的经过，广江一言不发，我以为他怵了。谁知上课铃一响，全班刚坐好，他就一个饿虎扑食奔我而来，他比我高一头，没费事就把我按倒在地，多亏了小眼子和一帮哥们儿拉便宜手，把我解救了出来，广江看到没便宜可占也只好作罢。后来我们就不再说话，形同陌路。他爸爸让人带话要找我谈谈。我知道他爸爸是老红军，一直是耍枪杆子的，怕他官报私仇，再说自己又不占理，万一他从抽屉里掏出把枪来走了火儿怎么办？就没去。

后来就到了"文化大革命"，广江出身高干，成了红卫兵的头儿，小眼子由于是城市贫民出身，也成了红卫兵。我出身职员，不属于红五类，所以不是红卫兵。小眼子成了红卫兵后不敢理我。因为在有些人眼里我属于和流氓来往密切的人，五年级的时候还曾经打过一个老实巴交的女生一个耳光。于是有人提出把我拉到学校揍一顿，广江了解我，他知道我崇拜保尔，保尔小时候也被人误当作流氓。其实是生命力旺盛，没事闲得慌。他没有官报私仇，否决了这个提议。

大约过了一年，红卫兵大都成了流氓，一帮一伙地在街上闲逛滋事。我在街上和广江狭路相逢，他和好几个哥们儿穿着军装过来，我一个人已无退路，我摸了摸脑袋，后悔没戴帽子，今天头上开花是免不了的了。没想到广江对我一笑，点点头，我也向他点点头擦肩而过。从那儿以后我再也没有看见广江，我去了北大荒，估计他不是参军就是上山下乡，不会有别的出路。事隔多年我对广江仍充满感激，他的大度保全了我，当我不能原谅别人的时候常常想起他，也常常想起和他一起骑车的日子。人对于友谊要慎重，既不能轻易建立也不能轻易断绝。

小人儿书店

　　现在有出租录像带和碟的。过去有出租小人儿书的。在东华门大街，南北河沿十字路口的西北角上，有个一间门脸两间进身的铺面。那里是我少年时代最爱去的小人儿书店。四面墙上和中间拉起的铁丝上挂满了小人儿书的封面，有全部《三国》、《水浒》、《岳飞》，还有大量前苏联的反特小说，什么《一颗铜纽扣》、《形形色色的案件》、《侦察员的功勋》……印象最深的就是由于科技的落后，特务生活得很辛苦，比如好好的眼睛挖掉一只，里面装一架微型照相机，到了军事目标一眨巴眼，拍下来了。后来他老上那儿去眨巴眼就被侦察员怀疑了，心说眼睛不合适去医院呀，干吗老上这儿来，一抠他眼睛原来是个照相机。还有好好的一条腿锯了，装一条假的，里面是个发报机，太惨了，现在有因特网，一个伊妹儿就过去了。

那时候租书带回家看，一本一天二分，在书店看一本一分，但是不许换着看。中午休息的时候这里堆满了小学生，趁人不注意赶紧换一本看，这样花一分钱可以看好多本。这里也租小说。但是得拿户口建个卡。书店是由一个南方口音的大爷据说原来是国民党军官和一个小巧漂亮的阿姨经营。书店搞得很像样子。

我去建卡的时候，正好我同学大龙子的街坊福子在，说这是过惕生先生的孙子，户口本就不要了，我很感激他。那个时候人对人还是很尊重的，你有点成就大家都佩服你。现在恐怕不行，别说过惕生的孙子了，就是他的爸爸也不一定怎么着。

福子得过小儿麻痹，有残疾，整天泡在小人儿书店。那就是他的巴黎圣母院，书架就是他的大钟。他爬上爬下的乐此不疲。他能记得好多人的卡号，一看脸，马上登记决不出错。哪儿像现在的服务员，一共就几张桌子几个菜还老记不住。他和大爷还有阿姨的关系非常好。大爷爱开玩笑，经常问我一些不好回答的问题，什么长大准备干什么啦，为什么不学围棋啦，然后告诉我什么书只能给大人看，什么书可以给孩子看。所以我老躲他，阿姨非常好说话，我想看的她都租给我。我喜欢看她往卡上写字，一只小拇哥翘着，字迹清秀。我在这家书店租借过《说唐》、《说岳全传》、《杨家将》，和《气球五星期》、《地心游记》、《海底两万里》、《八十天环游地球》、《培根的五亿法郎》等几乎儒勒·凡尔纳的全部科幻小说，有一本写亚马逊热带雨林探险的《草原·林莽·恶旋风》，大爷也不知道内容如何，借给了我。这本书精彩极了，当然也有一些儿童不宜的内容。福子喜欢热闹，爱交朋友，东华门小学的、二十七中的、几乎每个班的事情他都知道，你提谁他都认识。

　　"文革"期间书店被查封了，大爷和阿姨都出事了，大爷因为是历史反革命被遣送回原籍，阿姨被轰回街道扫街。福子没了事干，我想他一定比我们更痛苦。他开始养鸽子，戴着红卫兵的袖章瘸着一条腿上房轰鸽子，倒也挺忙活的。我则到新华书店去看书。先是在东安市场的新华书店里站着读完了恩格斯的《家庭、私有制和国家的起源》，我是从人类学的角度去欣赏这本书的。从追溯人类的婚姻，我开始追溯生命的起源，我看了一本关于染色体的书，这使我去关心细胞。可是东安市场拆了，我只好到王府井南口的新华书店去看《胚胎学》。因为光知道染色体决定男女还是不能解决形象问题。从《胚胎学》上我知道了细胞是怎么一步步分裂的，男女的性器官是怎么从最初的完全一样然后发展成截然不同的两样。当我也许就要立志成为一个医学家的时候，一个瘦高戴眼镜的书店工作人员严厉地问我为什么看这种书？并且问我是哪个学校的。当知道我是小学生后，他愤怒了，他认为我有思想问题。我只好放下书逃之夭夭。我想这本书里的有些图谱他大概也头一次看到，他对我的捷足先登感到受了愚弄。被逐出后我没法再去新华书店。我更怀念小人儿书店了。

三十年后，我和很多童年时代的朋友失去了联系，唯独福子跟我联系上了，他念旧。我一直想念的小学班主任杜纯信老师，就是他骑着车两次跑到南苑才找到的。《鱼人》演出时，我请他和杜老师来看戏。他穿了一身笔挺的深蓝色毛哗叽中山装，尽量控制着那条有毛病的腿来到首都剧场。我感动极了。我没想到他这么认真。我们这代人缺的就是认真，有很多人拿涮人当乐子。比如小眼子，说好了要来看戏，我买了一张最好的票等他，他却没来。福子能来我已经很高兴了，何况他把结婚的行头都穿了来。我说只有两张票，让杜老师夫妇坐吧，你自己找个没人的座位先坐下。他并没挑理，高兴地把票给了杜老师，说起当年的小人儿书店，大爷怎么样了，阿姨怎么样了，你想见谁我帮你联系等等。因为我要忙着招呼别的朋友，他自己蹒跚地走了。时光过得真快，二十七年前的往事让我感慨。福子比我大三岁，他始终关心别人。一九七〇年我回家探亲，他看我十八岁了仍然孑然一身，心有不甘，借了一身将校呢准备上街替我拍婆子。我倒不是不相信他的眼力，我主要不相信他的脚力，万一警察来了我怕留下活口，所以婉谢。如今人还是那个人，腿还是那条腿，心也依然是那颗心，就是老了，而且在遍地都是性的今天性也失去了昔日的神秘色彩。当年我真应该同意他的安排，也好留下一段关于他的身残志不残的回忆。

厕　所

据说在古罗马的大浴室里有三千个便坑，其中一个的墙上刻着一行字：能够在一起排便的民族才是最团结的民族。

《圣经·旧约》里有关于摩西带领以色列人离开埃及，渡过红海来到西奈后发布的第一条命令：请掩埋好你们的排泄物。

可见排泄的问题比吃的问题更重要。现代文明已经把排泄异化，使之成为一种由人操作的消化物、半消化物与机电工具的共谋浪费水电和纸张的过程。

但是古老的原始厕所在人烟稠密的城市问题更多。首先它大都在隐蔽的角落里。我们院子的厕所在里院最荒僻的一个地方，白天一个人去都静得怕人，更别说晚上了。对于它的恐惧来自于一个可怕的鬼故事。一个小孩儿上厕所，忘记带纸，嘟囔了一句说："没带纸。"突然厕所隔壁有人说："我这儿有。"话音未落从隔断墙下伸出一只大毛手……小孩儿夺路而逃。大人听说后，急忙来到厕所却什么也没有发现，就说小孩儿瞎诈唬。后来小孩儿又碰到一次，就再也不敢去厕所。这小孩儿现在如果还活着的话，得直肠癌是免不了的。

厕所既然这么可怕，上厕所就要找人陪着。院子里的厕所大多一个坑，常常是一个小孩儿上厕所，好几个小孩儿跟着，在外面等。但是一有风吹草动陪着的小孩儿就作鸟兽散，剩下蹲着的那孩子往往是来不及擦屁股就仓皇出逃。厕所的灯绳儿在门口，可是接近黑洞洞的厕所门口是非常危险的，于是就大声狂喝：有人吗？有的时候你听不到回答，拉开灯后，却有一人正在低头用力，让你魂飞天外。所以小孩儿们就发明了投石问路法，连问两声没人回答后，就劈头盖脸一顿砖头砍进去。听砖头落进茅坑发出的"咕咚咕咚"的声音赛过今日最劲的摇滚，能上瘾。因为这顿砖头第二天会招来掏茅房的工人破口大骂。那时候的厕所坑是死的，不与化粪池相通，要由人把满了的茅坑里的东西用粪舀子一下一下掏到木桶里背走，倒进在胡同里等候的粪车里集中运走。茅坑里有砖头就会非常难掏，有时候工人会下手把它拣出来。所以人家会祖宗十八代地大骂。

上厕所的完整过程是包括了"喝道"、"投石"、"开灯"、"解手"、"惊厕"、"逃亡"，有时还要加演"坠坑"，因为小孩儿比大人的跨度小，经常一条腿掉进茅坑里。这样的七折戏才算是整出，如果再加上日场的捅厕所马蜂窝则惊险刺激不亚于时下的灾难片。那是我最早参与的行为艺术。

胤德公曾告诉我京剧艺术家李万春的班子里有个打本子的作者龙文伟，入冬后穿了一双崭新的骆驼鞍毛窝上厕所，李先生的公子后来的著名京剧武生李小春用金箍棒捅之。概因那时上厕所很少遮掩，不避人。小孩儿对大人的生殖器十分好奇，常在大人解手时前往观看。小春兄平日折磨龙文伟的花招已臻化境。故捅之。龙文伟忙不迭地在坑上"走矮子"，因为裤子已褪，一切都处于现在进行时。没想到练过功夫的身手就是不一般，那条金箍棒快如白蛇吐芯，忙乱中龙先生的一只新毛窝终于掉进茅坑。小春则逃之。

那时候全院十户人家只有一个厕所，如果大家排泄的时刻表相同的话，就只有等待。就是这样的厕所也最终没有保住。先是把里院的厕所拆了，填平，给大鹏结婚做了洞房。外院原来大跃进用做食堂的房子改成了冲水厕所，这间厕所八十年代又填平了给大鹏的弟弟三儿做了新房。

院里没有了厕所大家就只好去胡同里的公共厕所。那是并排五六个坑一览无余的厕所，前面是一排尿池子，遇上火力猛的，尿液能飞溅到蹲着的人脸上。在公共厕所里见面头一句仍然是"吃了吗"。也有刚撒完尿就握手的。大家蹲在一起，彼此都全部暴露，常常故作无所谓地闲聊。当然都是一些重大问题。苏修怎么样，美国怎么样,外面排队的就大声抗议。在一片嘈杂声中排泄物自由落地,有时屙着屙着下面突然汹涌澎湃冲起水来,将所有污泥浊水荡涤干净。但是问题也来了,原来是男厕所在上游,女厕所在下游,男女厕所的便坑是相通的,女性们开始提意见,感觉受了侮辱。于是改成君蹲池之头,我蹲池之尾,后来女同胞又提意见了,因为她们不愿意御沟漂红叶。环卫局没有答应,你当改变大方向容易呀!

做　秀

一天，我正在东安市场看恩格斯的《家庭、私有制和国家的起源》，突然小学班上的两个同学冲进来，看看我手中的书说："这书不好卖吧？"我奇怪我还想买呢，就是太贵买不起。他们说别犯傻了，现在烂纸非常挣钱，可以挣出一个月的饭钱来。我很纳闷，于是他们约我第二天一早来看他们行动。

他们的行动地点之一就在书店对过。那是一个商店，开门前，里面的人把包装纸盒扔出来。我正在端详，只见他们两个饿虎扑食般扑了上去，另外两个跟他们不认识的孩子一把推开我抢上前去。我知道这里不是我待的地方，就向他们告辞。东安市场拆了后，他们的财路断了，就改撕大字报。感情那个更肥。他们的胆子也越来越大，先是等到晚上没人了，撕前两天的，后来索性人家前边贴他们就在后边撕。再后来双方都觉得累，干脆就把大字报交给他们还省糨糊啦，两全其美。这个情节后来被我用在一个中篇小说《皮球的故事》里。但是他们和冬瓜一比就小巫见大巫了。冬瓜对捡多少大字报无所谓，关键是要飞车。那是一个木头三脚架，下面安三个轴承，上面安个筐，人在后面一脚站在踏板上，一脚蹬地，有时候两脚交换，行走如飞。精彩的是飞车上马路牙子，车速不减，到了牙子跟前双手一提连人带车一起飞上便道，还有疾驶急停，调头转向，让你眼花缭乱。后来他还觉得不过瘾，干脆把菜站的平板骑出来表演，他能两轮着地，一轮翘起。冬瓜表演车技的时候也常常是街上毛泽东思想宣传队演出的时候。我看他们宣传毛泽东思想不过是个借口，而演出本身才是让他们兴奋的，唱歌跳舞玩儿乐器，后来发展到学演样板戏。培文的舅舅就以串演鸠山为乐。整个"文革"也越来越像节目演出。批斗会场上的会标最后都变成象形文字，比如把刘少奇写成刘少狗，被批斗者的飞机也越坐越高。中小学都有鼓号队，家伙越置越齐全。游行的时候不同的队伍见面就开始叫板，一通对凿。政局的变化也充满戏剧性。揪人的人最后被揪出是常有的事。这样大的运动当然要分成红蓝两队才能玩儿得起来，否则无法比赛。所有这些我觉得都跟冬瓜的飞车表演一样是做秀，真正当真的只有毛泽东一人。也许说不定连他老人家都是带有游戏精神的。

穿　衣

　　"文革"前的穿衣成人以朴素为主,少儿以实用为主,青少年以醒目为主。

　　成人多打扮成干部,蓝或灰的咔叽布中山装或军便装,也有不少是洗得褪色带着补钉的。女性外套千篇一律,是女式军便服的翻版。鞋比较杂乱,男的以三接头皮鞋为主,但更多的是穿布鞋。女的皮鞋样式稍多,但是没人敢穿高跟。

　　青少年的服装带着一些活力,男的夏季装上身多是弹力衫,以紫色和白色为多。前边现出胸肌、后边绷出翅子。当然得练,不练绷出来的全是排骨。裤子麻烦一些,因为商店的裤脚没有细于七寸的,要穿瘦的得自己做,所以好多流氓给逼成了裁缝,他们能自己设计自己缝纫，用厚劳动布自制的牛仔裤在没有版型的条件下不比苹果的差。鞋，皮的以盖鞋为主，就是不带鞋带，前脸有个翻盖，这种样式现在还有。但是更多的少年愿意穿运动装，运动衫裤、白网球鞋。因为网球鞋的开口小，所以大多不系鞋带。后来即以此判断谁是流氓，谁是运动员。冬季是带栽绒领子的棉外套，帽子流行过佛爷帽、簸箕帽。冬天的玩主是不穿棉鞋的，只有老玩穿骆驼鞍的毛窝。冬天的玩主穿网球鞋，愣挺。这个传统最后被"文革"后的红卫兵继承，他们是穿布的懒鞋硬挺。到了六五年的时候国家摆脱了自然灾害的阴影，供应开始好起来，受南洋华侨的影响，夏天有花格衬衫、瘦腿裤子、飞机头的玩主招摇过市，鞋倒简单了，拖鞋。女装开始流行布拉吉。

头发比较一般，飞机头算是最时髦的，其他无非是偏缝、中分、无缝、背头、一边倒、卷花、菠萝等等。男的头发的长度没有超过耳垂的。女的倒是有披肩发，大波浪、小波浪，做头发以四联最负盛名。

到了"文革"，这些全都成了"四旧"，军装系列开始走俏。流行的是五十年代授衔时的式样。冬季是将校呢、将校靴，羊剪绒帽子耳朵不放下来，要整齐地收上去。夏季是柞蚕丝的上衣，后来改穿短袖白的确良上衣，男的是翻领、俩兜；女的是翻领无兜，不掐腰。裤子一律是棉布军裤，先是屎黄，后改国防绿。鞋一律是崇文呢白边白塑料底儿懒鞋。头发男的是平头、光头，女的是两把刷子，并且越梳越松，盖因刷子是由短辫儿演变而来，短辫是紧贴头皮拢紧，多余的头发编成辫子,刷子是松松地拢起,多余的头发用皮筋扎起。这种发式渐成燎原之势,原是婆子①的专利,最后良家女儿也效之犹恐不及。后来五十年代的军装不够了,六十年代的棉军大衣、的确良军装也成了抢手货。帽子是的确良军帽,里面用报纸撑平整。衣服最后新蓝也成。就是蓝色的咔叽布或是涤卡制成的衣服。但是时髦的衣服是有危险的,被人抢走帽子,行话叫飞,因为多是骑车擦肩而过,抬手掠走;被人扒光衣服和鞋是常有的事。北京已经成了一个匪窝。这些人现在都是为人父为人母的人了,也许有的已经洗手,也许有的在面对国有资产的时候仍免不了洗劫的快感。对于出生于一九四五年至一九六五年的这两代人都要警惕,残忍、愚昧、偏执隐藏在很多人的心灵深处,每当社会遇到危机或是转折关头,这些东西就想跑出来作乱。

①婆子:不良少年的女伴,类似于港台的马子。黑话。

插队的日子

迁户口

老三届毕业生还没分配完，第四届也就是六九届毕业生又到了分配时间。前三届的分配情况是：六六届有少量北京工厂，其他人到山西或是东北农场插队、工作。六七届全部到陕西插队。六八届几乎全部留在北京工厂。六九届全部到边疆农场工作，去向是北大荒、内蒙古、云南。

我们注意到毕业年头单数不好，单数大多是插队，双数可大部分留在北京。现在的孩子也许不明白留在北京有什么好，那时候可是明摆着的事。当时北京上海的户口是控制极严的。因为这两个直辖市享受着别的城市所没有的待遇。拿北京来说，在猪肉奇缺的情况下，外地也要无偿地给北京进贡猪肉，北京吃肉是有保证的，外地人没有保证，他们出差到北京总要到肉店去买高价的肥肉。当时有人提出禁止外地人在北京买肉，曾遭到周恩来总理的否决。他说肉都是外地支援北京的，外地人为什么不能买？很简单，就是这些个小小的优越条件，使生存出现意义的悬殊，所以几乎没人愿意放弃北京户口。

然而几十万毕业生，也就是几十万教育废品摆在北京是极其危险的，学校、街道、家长单位都在连威逼带利诱地让毕业生赶快离开北京。

我那时候充满探险的欲望，渴望到外地去，特别愿意到被小说渲染得极其浪漫的北大荒去，一望无际的麦田、康拜因收割机、拖拉机手，更何况中苏因为珍宝岛要打仗，说不定我们可能越过黑龙江到苏联去，抢回个娜塔莎应该没什么问题。那时候林彪事件还没有爆发，我们也不知道副统帅竟然是苏联的卧底，幸亏后来没打仗，否则那还有好？别说抢人家的娜塔莎，咱们这边的什么红呀、兰呀能保住就不错了。

由于有南北几个地方可以选择，好多人不知去哪里好。我原来也想去内蒙，因为我爱骑马，后来说牧区生活比较艰苦，冬天漫天风雪视力所极没有人烟，你骑着马没人理你，爱上哪儿上哪儿，可是公社的羊丢了不行，跑出几百里你也得找回来。我一想算了吧。后来又有同学动员我去云南西双版纳，说那里四季温暖，天天吃香蕉。还生产金鸡纳霜，得了疟疾一吃就好。上小学的时候有篇课文叫《美丽的西双版纳》,说的是怎么逮猴子,怎么种橡胶的故事,这篇文章和另一篇《美丽的西沙群岛》都很有名,但是作者对破坏自然环境的种种做法还没有认识。根据这两篇文章拍摄的电影我们也都看过,的确很吸引人。但是事关人的一生,我还是打听打听吧。有从西双版纳回来的人告诉我,说什么四季温暖,能把你热死,是天天吃香蕉,没别的,连猪都吃芭蕉。我倒是不怕天天吃水果,只是对香蕉反感,太面,口感不成,要是天天吃梨我就去了。至于金鸡纳霜也只在那里有用,北方很少得疟疾。这样的话就只有北大荒了,我也问了回京探亲的老知青,说那里天天吃馒头,不会挨饿。冬天屋里热得得穿背心裤衩,就是夏天蚊子多点,得带蚊帐。在蚊帐里睡觉那多来劲呀? 去!

　　来校招生的黑龙江生产建设兵团二师九团的劳资股长开始白活①九团怎么好,这最爱听了,他要说那儿不好,我们也不爱听。最后还有激动人心的,谁去发谁一身棉军大衣,一身棉衣棉裤,去年走的那批还有一套被褥,这批没了。领服装要凭转迁户口证明。这就到了关键时刻,一说要迁户口当时有人就含糊了。我和家里已经达成了一致,去! 但是拿着户口本一出门,母亲眼泪就下来了。我想不能心软,一软就走不成了,我咬咬牙走了。到了派出所还得排队,好不容易到我了,只见警察拿过户口本,翻到我那一页,是第四页,一把就撕下

---

①白活:也作白话,东北方言,说大话的意思。

来了，团吧团吧扔向字纸筐。这时候我的心像被揪了一下，感觉很难受，难道他们就不能假模假式地把扯下来的那一页郑重放好，等晚上没人再销毁吗？赶紧去领服装，到那儿一看是屎绿，也叫北京绿，因为上海的更绿。分大中小三号，也有少量特号。按我的个子应该领三号，可我刚十六岁，肯定以后还得长，就领了身哐里哐当的二号，谁成想我就再也没长个。这身我们并不满意的服装原来并不白给，到了兵团以后马上分三个月从工资里扣除了，一共是三十七块钱，合现在一千一百多块钱。兵团说这笔钱是北京市让兵团替他们扣的。可上海就是送的，所以我们痛恨北京市，觉得他们是一群小肚鸡肠的骗子。因为有许多生活困难的同学就是冲这身衣服来的，在北京他们家孩子多，穿不起棉袄，到了冬天还穿绒衣呢。

领完服装就要筹备行装。那个时候凭上山下乡证明可以购买一口新的木头箱子，二十四块钱一口。箱子买来后，父亲舍不得让我带走，说你是去接受锻炼，带这么新的箱子影响不好，把家里那口旧的拿走吧，它更结实。那口旧的箱子四角都包着铜活，是显得结实，可就是不像知青的箱子。那时候小孩儿好说话，旧的就旧的吧。等我要买蚊帐，父亲又说了，我那里有个旧的你凑合用，就别买新的了。我也没坚持。等到了北大荒，周围一水儿的雪白蚊帐，只有我的是一个已经糟杇的发黄的旧蚊帐，小眼子比我更惨，他没有蚊帐，只能和我挤在一起，蚊帐稍一压就破个洞，蚊子就蜂拥而入，把我们咬惨了。这时候我后悔没有坚持买一个新蚊帐，我埋怨父亲不负责任。可是就这份家当已经花了家里二百块钱，是母亲从互助会借的。这钱也不是小数目了，就买了些零用的东西和衣服，合现在六千块钱。现在你就是让我去美国留学我也不会买六千块东西。

用这些钱我买了内衣两套、外衣两套、背心裤衩两套、绒衣绒裤一套（据说毛衣招虱子）、白边懒鞋一双、尼龙袜子两双、毛巾一条、指甲刀一把、水果刀一把（其实没什么用）、剪刀一把、洗衣粉两袋（熊猫牌）、牙膏两桶（中华牌）、肥皂两条（灯塔牌）、香皂（上海牌）两块、绑腿一副、手纸两卷、茶叶半斤、信纸两本、信封二十个、邮票二十张、墨水（鸵鸟牌、纯蓝）一瓶、胶水一瓶、糨糊一瓶（其实多余，有胶水就成了）、手提包一个、手电一把、电池四节、鞋刷一把、牙刷一把、漱口缸子一个、口琴一把（敦煌牌、c调）、铝制饭盒一个、不锈钢汤勺一把、山楂片半斤、水果若干、火柴一包，刻了图章一枚（牛角的），配了一个皮面图章盒，三块，太贵了。可是我非常珍惜自己的名章，我还不值三块吗？

同院小朋友大群、大鹏、康子每人送我五毛钱，我又添了点钱买了两盒中华（六毛一盒）、半条前门（精装三毛九一盒）。我许给将来他们每人一顶军帽，后来才知道连我自己都没有，好在他们没坚持要。

我父亲在扣下了新箱子，拿旧蚊帐充数后，送了我一件别的家长几乎不送的东西——一支英雄牌金笔。当时五块一，合现在一百五。这支笔不锈钢笔帽，紫红色的笔杆，把我都看傻了。它为我

179

立下汗马功劳, 在北大荒的所有文字包括书信、批判稿、会议记录、发言稿、文艺作品全是由它完成, 直至笔尖秃了为止。

爷娘相送

吴祖光老师在为我写的一篇序言中曾经描写过知青父母在火车站送儿女的感人场面。可惜这篇序由于出版社变卦，不出我的杂文集而未能面世。而序言又因出版社做了删改而不好意思还给吴老师。没有到过火车站的人不能想象"哭声直上干云霄"的宏大场面。

一九六九年九月九日，正值花季（大约十六岁）的我们就要离开北京到数千公里外的北大荒去，车站人山人海。我没有让母亲和小妹来车站，她们只送我到学校。看着上小学四年级的小妹拉着母亲在人群中张望，我不敢再看，扭过脸去。拉我们去车站的大客车是捷克的"死疙瘩"①，那是当时最好的客车了。

①死疙瘩：捷克名车的译音，正译为斯柯达。

到了北京站的站台上，父亲已经等候在那里，他比较镇静，没有那么激动。可能是他从小就经历了太多的悲欢离合吧。因为他少年丧母，很小的时候父亲就去远游，到了差不多也是花季的年龄他又只身从安徽到江西去谋生，他可能觉得比兵荒马乱的年头出行强多了，到北大荒去还能挣工资，有什么可哭的。瘦弱白皙的他穿着一件白衬衫，样子很是潇洒，谆谆告诫我怎么做人。

这些平时折腾惯了的孩子们居然那么脆弱，对家庭那么依恋。连流氓都哭得鼻涕一把泪一把的。这不是起哄吗？你们到哪儿不一样当流氓？于是我故意忍着不哭。一年前我送过四舅去山西，知道高潮还没有到来，什么时候火车一动，那才叫惊心动魄哪。我回到火车上，把临窗的好位置让给其他同学，因为送行的人都在北面，南面车窗的同学必须到北面才能看得见他们，十个人都过来围在窗户上，地儿就不够了。我躲了，我不想受那折磨。果然，火车一动，轰的一声哭声四起。你听过成千上万的人突然一起哭吗？特别是有无数男人的哭声，那真是让人锥心的。因为大家彼此心里清楚，可能再也回不来了。我突然意识到必须再看父亲一眼，否则就看不见。我从别人的腋下探出头去，看见父亲渐渐成了一个白点儿，落在了跟着列车奔跑的人群后面，一副与世无争的样子。

兵车行

我们坐的是一路不停的专列，我们又属于沈阳军区所辖，所以应该说是一列兵车。只是这一车"兵"比法定的征兵年龄小了两岁。最小的才十四岁。

哭声一到通县就戛然而止。女生化悲痛为力量开始吃零食。男生开始了人生最肆无忌惮的一天，抽烟。平时我们这些自由散漫的学生都是课间躲到没人的地方偷着抽，今天因为我们工作了，所以明目张胆地抽，很多平时不抽烟的好学生也要根烟叼在嘴上，简直就是一车小土匪。车窗一直开着，强劲的风直灌进来，但是脸上还是发热。我们就是这样一路吹到山海关才把窗子关了。歌声四起，以外国民歌二百首为主，杂以"五朵金花"、"阿诗玛"、王洛宾、雷震邦和一部分知青歌曲，像什么"离别了挚友，来到这间牢房已经是七十五天，望了又望，眼前还是这扇铁门和铁窗"，不一会儿流氓们的黄歌响起，这是露骨的性的吟唱。我们突然意识到我们有权利议论一下这个话题。大家放肆地把听来的和瞎编的黄段子拿来一起交流。不一会儿就对这个话题厌恶了。那个时候不寂寞，上千号岁数一般大的孩子在一起，乱得让人头疼。每过一个大城市都有学生的鼓号队在站台上奏乐欢迎。只有沈阳站冷冷清清，据说当地在武斗。一个小流氓长得非常帅，追着车骂我们。他如果还健在，恐怕也有五十了。

列车行进在辽阔的东北平原上，目力所到的地方都是荒草，偶尔有高粱。不知为什么我总觉得在接天衰草中埋伏着百万军队。走了一天一夜突然冷起来，穿绒衣还直哆嗦。但见松花江大桥灯火辉煌，到哈尔滨了。打开车窗寒气逼人，鼓号震天。有同学到站台上买了个麻花，我一尝皮的。北京特别是天津的十八街桂发祥麻花讲究的是酥脆。冲这麻花我心就凉了。东北，这是一个拿人生打岔的地方！

列车向着更寒冷的北方前进。第二天一早醒来，窗子上都是哈气。奇怪的是越往北走，植物越茂密，绿色越重。两旁的大山郁郁葱葱。间或有一两茅舍炊烟袅袅。

上午到了佳木斯，第二天我们将从这里乘船沿松花江直下，到绥滨码头。

在宽敞的站前旅社安顿下，自由活动一天。我们逛了最繁华的街道，依然有一种荒凉感。地方显得空旷，老远一栋建筑，房子之间全是空地。我们吃了东北的冰糕,一股香精味儿。中午在食堂打饭,米饭、肉片柿子椒。我从来没吃过这么难吃的东西。大肥肉片,半生不熟。再联想起麻花,我直反胃。有同学和佳木斯的流氓打起来,他们把人家的玻璃都砸了。

入夜别提多舒服了,我们包了两层大厅,一层男生,一层女生,床上是雪白的床单,月光从落地的大窗户照进来,烟头的亮光此起彼伏,灿若群星。劳顿了两天两夜的大家尽情享受着北方凉爽的秋夜和床的安稳。似乎我们的脚下还响着车轮的震动,这两天两夜我们全是硬座,没有卧铺。

有人开始打闹,有人开始讲鬼故事。没有人哭。大家都盼望着早一点到达目的地。我睡着了。

东北的天亮得早,四点多就大亮了,我们集合在码头,依次上船。大家都是头一次坐江轮,显得很兴奋。到了中午就烦了,因为船太平稳跟没走一样,两岸是望不断的荒草,千篇一律。江风徐徐,舱里很凉快,可是心里急得直上火。这些十几岁的孩子没受过一天以上的颠簸,他们哪里知道他们一生中再也不会有这么悠闲浪漫的日子了。劳累和苦难在等待着他们。

进入沼泽

傍晚，船停靠在绥滨码头。终于到了。

我们跑到靠北边的船舷，向码头张望，只见卸煤的码头上全是穿各色黄军装的人，卡车、拖拉机停了一片，是来接新知青的。要说知青二字，实在受之有愧，因为即便是高中生在今日又能算什么？可当年初中生就能戴上知识青年的桂冠。于是乎我们也就真觉得自己有知识，并且很为这些知识的所有者落到上山下乡的地步而心有不甘。

我终于看到了一直和我们分离的行李，工人们从底舱把它们背上来，走过颤悠悠的跳板，集中到岸上。我的箱子里面因为有不少书，很沉，一个工人背上以后腿忽然弯了一下。别的工人赶紧问："成吗？"那个工人说："不知道里面是什么，这么沉。"箱子安全地搬到了岸上。我们各自找到自己的连队，我和小垣儿、小眼子分到了一起，在三十一连，这是我们自己要求的。接我们的是一个苗条女气的上海青年，他是司务长。我们问起连里的情况，他说挺好的。他这么文弱的人都能忍受，我们就放心了。又等了半天，所有的人和行李都清点完毕后，我们坐上了卡车，一路向北进发。原来我们团位于松花江和黑龙江之间的一块地带，后来我看到一份资料才知道原来这里是沼泽，也就是湿地，两条江发水的时候，这里是很好的泄洪区，能吸纳大量的水。这里动植物丰富，号称"棒打狍子瓢舀鱼，野鸡飞到饭锅里"。林木水草一望无际。一九五八年，一批转业官兵来垦荒，把沼泽的水排干，开始种庄稼。我们去了以后是继续向环境开战，破坏生态。当然当时还没觉悟。

天黑得早，北方的星星格外瞧着清楚，坐在卡车上我开始幻想以后的生活，初步感觉不错，坐在卡车上没觉得北大荒有什么可荒的，这里已经被改造成一个农场了。

又走了半天，来到了十五连，我们被从卡车上叫下来，换乘爬犁。说是再往前汽车不通，老大雾，没路。早就听说北大荒有爬犁，这下终于见识了。原来就是几颗挺粗的松树干，去了皮，钉成架子，上面搪上木板，挂在拖拉机后面，牵引着走。这东西冬天有雪好使，夏天在裸露的地面上成吗？拖拉机转了个圈，拉着我们出发了，果然是爆土扬场。可是不一会儿，土就小了，爬犁进入了大草甸子，半人高的羊草、三棱草密密实实，爬犁进去就跟潜水艇差不多。能够闻见草的芳香。地非常平整，我猜想它是被水冲积的结果。我这才知道我们去的是一个蛮荒地方，还未被开垦。当年我诅咒这个地方，梦想着到老连队去，现在我则庆幸能分到一个开荒点去，从而了解开荒的全过程。

蚊　子

　　坐着爬犁往西走，蚊子渐渐多起来，简直是铺天盖地。它能隔着回力球鞋的帆布鞋帮叮进肉里。还有一种小咬，像腻虫，专往人的口鼻、耳朵、头发里钻，进去以后再叮咬。我们这些新来的不知它们的厉害，不到片刻，便体无完肤。

　　爬犁在草甸子里一豁弄，蚊子全出来了，有的人实在顶不住，跳下了爬犁，可是下面的蚊子更多，便又蹦上来。我这才知道，敢情爬犁的速度比人走着快不了多少。于是心里一阵阵起急。后半夜的时候，远处出现了几堆篝火，大家欢呼起来。觉得这种欢迎仪式既浪漫又热烈。又走了半天，终于来到篝火旁，冷冷清清没有一个人。司机告诉我们火是熏蚊子的，人都搜山去了，今天有军事演习。

我们来不及打开行李，就睡在出去搜山的老知青的蚊帐里。

第二天早上起来，蚊子少多了。大家松了口气。可一到黄昏蚊子又来了，多得轰都来不及，刚把脸上的蚊子抹掉，就又落上一层新的，再看看手里的菜汤，满满一层蚊子。我要是蝙蝠那可就抄上①了。

令人吃惊的是老知青不怕蚊子，有人就那么让蚊子咬，连轰都不轰。更奇怪的是，蚊子不咬老知青，专咬新来的人。老知青戏称自己没人味儿。我们也想没有人味儿，可据说不熬过一年去，人味儿不会下去，也就只好不存奢望了。

奇怪的是人能受，牲口不能受。连里养的两条公牛被咬急了挣脱缰绳跑了。

这件事过去我百思不得其解，怎么牛皮比人皮还嫩，还经不住咬？现在明白了，不是人皮比牛皮厚，是人的神经比牛的麻木，不敢对喜怒哀乐有正常的反应，他知道上山下乡是毛主席的指使，逃跑是会犯错误的。牛不知道，它又没有档案，随你怎么办无所谓，故一走了之。

第二年，奇迹出现了，蚊子咬后不起包了。上海的新青年一到，有替我们的啦。

多少年回城后，不怕蚊子咬这一手，我颇引为自豪。甚至有故意

---

①抄上：北京方言，赚了的意思。

卖弄之嫌。后来医生告诫我，城里的蚊子经常传播疾病，像脑膜炎、疟疾甚至艾滋病，我这才有所收敛。

可惜的是蚊子毕竟少多了，常使我生出英雄无用武之地的感叹。倘或出门在外，旅馆中偶有一蚊出现，我便沾沾自喜。因为别人避之唯恐不及，我偏偏稳如泰山。别人惊诧，必问你是人吗？我则答曰："北大荒人。"先还有人知道这个地方，闻之顿生敬意，后来没什么人知道了，听后白你一眼，以为你是"E.T."，我也就不再多事。

匪 窟

天亮以后来了三个破衣烂衫的知青。其中土匪甲看上去有六十多了，谢顶，胡子拉碴，两只小耗子眼儿，说是北京青年，才不过十八九岁，怎么瞧着那么老？一嘴的"嘎儿毙"①、"愉泰"②等土话，他们在我的行李上吃饭，甲宣布要在我的蚊帐里拉屎。我没有理他，我正想家呢。我没有想到一路上都没有哭过的我却突然悲痛欲绝。大概是看到环境太恶劣的缘故吧。这三个人完全破坏了我们对北大荒的印象，他们故作恶毒、粗野，总想欺负新来的知青。我想威虎山上的

---

①嘎儿毙：太好了，真棒的意思。

②愉泰：舒服。

土匪也不过如此。我们这些新来的知青成了他们盘查是溜子①还是空子②的对象。来了好几天也没干活，连里好像瘫痪了。后来司务长告诉我们是连长和指导员不和，闹矛盾，所以工作没人抓，才起了匪患。

三个土匪还有一手绝活，就是能把上了锁的手提包里的吃的偷出来。北京二十三中的知青敢怒不敢言，暗地里咬牙切齿。终于有一天矛盾爆发了。拖拉机拉着去团部的人回来，土匪乙跟二十七中我的一个同学发生争执，那个同学翻身跳下拖拉机，指着他的鼻子破口大骂，让他下来决一死战。没想到他尿了。这个跳下车的同学从此被土匪们所敬重，看来人人身上都有受虐狂。

时间长了才知道他们并不是什么坏人，他们只是率性胡为，浑一些，心眼儿并不复杂。他们在连里也没有地位。那些真正阴险的人往往是看上去积极要求进步的人。后来我和土匪乙丙还关系不错，他们在团部医院还帮我打过人。但是他们只是一般玩闹而已，真正的土匪是别的连队的，除了没有杀人，真的是无恶不作。

整个兵团就两伙人得意。一伙是既得利益者，他们通过极左的行为受益，工作、提干、升学都受到照顾；另一伙人就是土匪，他们打架抢劫欺负人就是不干活，这就是最早的黑白两道。那些真正钻研技术的、真正老实巴交种地打算在那里扎根的都是受苦受累的命。

---

①溜子：土匪称自己人。
②空子：土匪称奸细。

北京的土匪混得越来越不行，谁都跟他开逗，都不拿他当回事。当独立二团跟九团合并，连里又来了新人的时候，他想再逞一次威风，他挑了一个只有一米四几的小个子开刀，结果被人打得鼻青脸肿，他气得要自杀。从那儿以后他突然变得沉默寡言，不大在公众面前露面。

土匪乙去了武装团，为了和他竞争，我还写了血书，但是我没有中选，大概是连里觉得我还可以救药。但是我在他们集中的团部招待所里混了一个星期，每天跟着他们吃聚餐，八个菜一个汤，十个人一桌，可劲造①。我在他的掩护下竟然没有被发现。后来他走了，两年后又分回连里，据他说那里的活就是开山炸石，非常危险。他们修的是战备公路，工程一完工就解散了。也有的人就永远躺在了路旁。

土匪丙每天遗精，褥单如花似锦，晾晒的时候常引起哄笑。土匪甲一到晚上就给那俩土匪讲解生理卫生，基本上是迷信加色情，越说越让那俩土匪心里蚁走虫爬。但是他们还好，都是嘴上功夫，从没对女生有什么非礼，他们甚至不大和女生近乎。他们的顽劣有很重要的原因是生理上的，正处于青春萌动的时候，光是劳动怎么能解决问题？可是大家都处于这个时期，谁顾得上谁呀。怎么同是青春萌动期，有的人拦惊马，有的人下水救人，而有的人就想欺负人呢？

---

①可劲造：尽情折腾，含有"随意糟蹋"之意。东北方言。

草　房

　　我住过几种草房，刚到的时候住的是干打垒，这是指墙的制造。把两条木板按一定距离固定好，然后往中间填进黏土，用木槌夯实。等黏土挺住了，再把木板上移，重复上次所做的，直到完成设计高度。干打垒的好处是不用水，省了干燥的时间，速度快。东北夏季短促，如果来不及搭窑取土烧砖的话，在上冻之前有房子住，干打垒是最可靠的。缺点是牢固不够，经冬夏两季温差和湿差的扯动，墙体会断裂，崩塌，但是维护好的话两三年应该没问题。这样的房子往往是创业之初，为解决大批人员住宿而造。

　　房子的顶大多是草顶，分两种，一种是披苫，一种是拍苫。北大荒有用不完的草，半人多高，非常整齐。披苫是把整捆的草摊开在屋顶，大概是三层到顶。这样的苫法快，造价低。但是容易漏雨，并且不大扛风，所以要用荆条在屋顶横上几道压住。以免被风吹走。杜甫的屋子估计就是披苫，三重茅草都被风吹走，肯定是没用荆条压草。杜甫穷，拍苫搞不起。拍苫费草。首先把草捆找齐，铡掉稍子和根部。只用弹性最好的中段，用拍子把草按一定坡度拍上去。一层一层直到顶上，再用特殊的笸子把草刷齐，然后拧脊扣顶。这样的顶子万年不漏，冬暖夏凉。电视里介绍欧洲最昂贵的屋顶我一看也是拍苫的草顶。

板夹泥，造法和干打垒相似，就是得用水和泥，把泥放在板之间，有点像混凝土浇筑。

叉墙。这是一种更神奇的建筑。用带有羊角草的糨泥堆成墙，没有模板，全靠一把扬叉刷泥找齐。造这种墙不能急，要让泥能挺住了，再往上叉泥。墙的强度取决于泥的软硬和草的比例。墙的整齐要靠刷墙的功夫。这样的墙可以用十年左右。

草垡子墙。把草皮成块挖起垒成墙，最省事。但是垡子块之间充满空隙，漏风，用泥糊住稍好，这样的房子极易风化，只能挺一年。大多用作打猎的临时马架子。

拉合辫墙。这是一种以草为主的造墙法。先把墙体用杆子绑扎好，然后用浸透泥的草束挂在杆子上编成辫子，等干了后再在上面涂一层泥。这种墙太薄，不耐寒，只能当作仓库。

最好的还是砖墙。

开荒点儿头一年是来不及盖砖房的,能在上冻之前住进泥房土房就不错。我们不知道,一看这么破的房子,当时就凉了。房屋里的地还是土地,洗脸水、菜汤洒在上面,人来回一耙嚓,跟猪圈没什么两样,散发着臭气。实在顶不住了就担进新土垫一层,跟垫猪圈一样。

　　炕分南北两铺,南铺朝阳,北铺背阴。南铺夏热,北铺冬冷。火炕在东北有它的用处。因为房子密封性差,靠火炉取暖不够,就利用所有能储存热量的地方,比如地,有地炉子,墙,有火墙,但那都得是砖的才行,而炕则不然,砖炕土炕都行。我们住的当然是土炕。由于搭炕的是知青不是师傅,所以排烟不畅,不好烧,越不好烧,越是猛烧,炕梢还没觉得热,炕头已经上演钢铁是怎样炼成的。谁都不睡炕头,这个位置最后就归了一个子弟小学的教师、现行反革命分子孙震海。到了晚上,三个土匪在他的位置下的炕洞里烧起三昧真火,直到炕梢都说行了,他们才睡。老孙非当年老君炉里的老孙,倒是火眼金睛炼得比当年还快,眼睛起了针眼,脖子上起了疖子。马上起身再一看,褥子都糊了。连忙跑到牛棚里搬来一摞豆饼,垫在褥子下。夜半时分,全连都闻到一股烧豆子的香味,原来是豆饼熟了。

　　到了冬天我和板牙、死鬼被分去放羊,住在离连队五里远的长龙岗,那里有个猎人遗弃的地窖子,墙就是草垡子垒的。没有涂泥,只是里面钉了领席子,上面糊了纸,四面透风。炉子是用砖架起半个汽油桶,烟筒有足球粗,这边一捅火,那边烟筒忽地就红了,一添煤,唰又成原来颜色,根本就不保温。屋里的水缸结冰了,被头结冰了，和嘴冻在一起。棉胶鞋因为夜里起夜踩了一脚而扁扁地冻在地上没法穿了，只好用拖拉机的链轨轴撬起来再穿。在零下近四十度的严寒下我们三人像熊一样进入了冬眠。有时候一天也不吃一口东西，就是躲在被子里，上面蒙上所有可以御寒的衣服，头上戴上毛线织的滑冰帽昏睡。这是非常有效的抵抗寒冷的方法。后来我想起安徒生的童话中，那个卖火柴的小女孩就是在睡梦中冻死的，于是就告诫两位战友不要再睡了，得活动活动。但是毕竟是习惯了，像得了嗜睡病，总觉得不够睡。

我们居住的干打垒大草屋于第三年，也就是七一年拆毁；我所住的地窖子第二年就被遗弃，在它附近盖了一所叉墙拍苦，带走廊、火墙的漂亮房子。接替我放羊的人就住在那里。

行　李

　　仅次于房子重要的就是行李。东北流传"四大娇",其中两样就是"跑腿儿的行李,大姑娘的腰"。我想这两样东西放在一起大概是指它们都很娇贵,不得擅动的意思吧。

　　跑腿儿的没有别的家当,随身的就是行李,没了它就没法睡觉。其次行李易脏不易洗,跑腿儿的对拆洗缝纫这一套向来比较伤脑筋。再有就是当时置一套行李价值不菲,加上布票管制,更是不能轻易舍弃。一套行李跟随人一辈子是常有的事。大家都知道这个规矩,彼此各不打扰。如果到别的地方去办事或者访友,人家招待你睡别人的行李那礼数就算没挑啦。

　　也有不自觉者,为了保持自己行李的干净,偏偏去睡出差人的行李的。有一次，一人去师部医院看牛皮癣，当天不能返回。另一人也不嫌埋汰就钻进去大睡。半夜团部来人，副连长把那人招待至牛皮癣的行李前，却发现有人捷足先登，于是叫起来问："怎么不睡自己的？"那人答了一句，把团部来人说了个满头雾水。他说："我想省一天行李！"

后来上海新青年来到，其中一人生性吝啬，总想指使老青年为他做事，并且晓以蝇头小利，还总不兑现。大家生气之余，就纠集了五六个人，排好队在他的行李上摔抢背。直到他讨饶为止。可是讨饶的好话说尽，他许诺的小菜仍然没有给我们尝。我发现我们在严酷的环境下变得贪婪粗鲁，快跟那仨土匪没什么两样了。

以行李的名义还出过一次大事。

一天晚上我在副指导员赵让和江湖好汉赵正印的陪同下返回老房场的马架子，那一段时间苏修特务老打信号弹，闹得人心惶惶。他俩怕我们几个冬眠的时候被苏修特务干掉，所以要去陪我们一天。他俩走得快，我因为在大宿舍和人说了几句话追出来已经看不见他俩了，我赶紧追，刚绕过一片林子，就见他俩往回跑过来，说快去叫人，老房场着火了！我探头一看，老房场方向通红一片。他俩说完就向老房场跑去。我抽回身往大宿舍跑。雪地不好跑，气喘吁吁一进屋，我就喊："快起来，老房场着火啦！"

大伙儿轰地乐了，说："没这么逗的，这可不是闹着玩儿的。"

我只好以行李发誓："谁逗啦，我行李还在那边哪！"

这句话真灵，一排长小汪一下子坐起来，穿上衣服。

大伙儿二话不说，也都跳下地来。女生跟我们一墙之隔，隔断上面是通的，也都听见了，于是一片混乱。

有人敲起了脱粒机的铧犁片，当当的声音响彻夜空。有人开始摇起井房的辘轳打水。五里远，这水怎么运过去呀？

我先他们一步跑出去，刚上大道，二赵跑回来了，说没事，不是着火，是月亮。我一看可不是吗，一轮红彤彤的月亮冉冉升起在东方。刚才那一片红是它升起前的红晕。

可我怎么跟大伙儿解释？我说："你们去告诉大家吧。"抱头鼠窜地逃了。

我走以后，大家知道此事不赖我，都相约这事第二天谁也不许再提，谁提就揍谁。我知道后很感动，这是战友之间的默契。果然不但第二天没人提，后来多少年也没人提。一直到二十多年后一个同炕的战友专门找到我的单位去向我喊："老房场着火了！"后来兵团战友聚会，他怕我忘了此事，又一次喊："老房场着火了！"旁边的人直瞪他。他很得意。他这个人内心深处嫉妒心非常强，常常刻薄地对待别人。他曾私下里对别人说："丫有什么，也混成作家了。"那年兵团战友有不少人下岗，大家琢磨着怎么支援一下这些人，他不但不热心，还在一旁大讲他怎么在澳大利亚喂袋鼠，令人齿冷。所以由他说出这样恶毒的话来也是意料之中的。

树

　　我们团不在山上，看不见原始森林，可次生林却到处都是，一片一片的，要是没有人来垦荒，过若干年肯定会连成一片。这些树林要不全是杨树，要不全是桦树，更常见的是柞树。这柞树又叫橡树，结的果子叫橡子，猪爱吃，据说日本统治关东的时候给劳工吃的就是这个。柞树还有个美丽的名称叫柞树。现在铺地板有一种木料非常受欢迎就是柞木。柞树到了冬天也不落叶，永远是黄得发红，一直要到来年夏天新的叶子把它顶下去。白雪红叶，那是北大荒独有的色彩。

　　我们连刚建的时候，西、北两面都是茂密的柞树林，南面是疏朗的白桦林，林子里长着茂密的荆棘，榛果、蘑菇、木耳俯拾皆是，

202

常有狍子、野兔、野鸡出没，可惜那个时候我还没有复发养鸟瘾，那些林子里就是红靛颏繁衍的地方。

林子西边是牛羊泡，水草丰美，芦苇茂密，那是野鸭子、蓝靛颏生儿育女的地方。

可惜我不会打猎，也幸亏不会打猎，让那些美丽的生命少遭些杀戮。

林子很快就被砍光了，除了盖房以外，主要是用来烧柴，连别的连队的人都到我们这儿来砍柴。其实就是砍树，胳膊粗细的树两斧子一棵，一片林子要不了一个月就砍光了。长龙岗原来有十来米高，砍光了树以后，很快就被雨水和风消蚀成平地。连树根都刨出来后，那里种上了蔬菜和西瓜。可也奇怪，香瓜能长，西瓜就是长不成，只有拳头大小。

夏天，我曾经和鸡胸给脱谷的夜班弟兄送饭，那是夜里，露水很重，我们的裤腿都湿漉漉的。送完饭往回走，我不辨方向，认为鸡胸走得不对。他是五八年的转业兵，方向感比我好，可也让我给弄毛了。林子密不透风，想看看天上的星星定下方位都不可能。不知什么野兽"汪汪"的叫得我头皮发麻。鸡胸说是狍子，我说是狼。他说那等着看吧，要是狼这么叫，准得追过来，决不肯善罢甘休。我埋怨他干吗非穿林子，饶点远儿走大道多好。他说事已至此，走吧。我后悔刚才把饭菜全给了大伙儿，要是留两块红烧肉，狼来了也能抵挡一阵子。

鸡胸的眼睛也露出一些恐惧，他不是恐惧狼他是恐惧我，让我给吓的。他不再和我废话，健步如飞。我也深一脚浅一脚紧紧跟着。走了个把小时，前面突然出现了食堂的灯光，还是他对了。这片林子一年后不复存在，一到冬天，寒冷的西北风毫无阻挡地直扫整个连队。那罪遭的。

南边那片白桦林，是我们散步的地方，因为它疏朗，很少荆棘，踩着厚厚的落叶悄无声息。

富荣在林子里钉了个白碴桌椅，可以坐坐，看看书。我们就更爱来了。吃完晚饭，信步来到白桦林，在那里高谈阔论，争论些由于缺少哲学词典而引起的关于哲学词汇的含义问题，忘记了一天的劳累。真是闲的，那么好的环境争论点饮食文化也好呀。不，我们连有哲学瘾。这一争论就更爱来了，因为老想有个结果。后来富荣就在白碴木桌上写了列宁的"第一是学习，第二是学习，第三还是学习"。过两天，有人给对了个下联："第一是实践，第二是实践，第三还是实践。"这人估计是个死心眼的女生。她也不知道是列宁说的，否则她没这么大胆子。我们没理她，也没法理，她在暗处。过了两天她又开始题词了，完全是让我们好好接受贫下中农再教育的话。这下露出了底子。我们有气，你上别的地方题词好不好，哪儿有追着屁股教育别人的。后来大家就再也不去了。又过了一年，那片林子也都被"实践"掉了。

猪

连里头一年养的猪全是小母猪，没有炮卵子（种猪）。那些小母猪没来得及劁就到了花季雨季的年龄。没有猪圈，她们在林子里疯长疯玩儿，快变成野猪了。到了吃的时候，她们自动集合在食堂旁，吃完一哄而散，不见踪影。连里想杀一头猪改善伙食，结果全连出动追赶也没能得手。没办法，只好请来神枪手小顾，带上双筒猎枪，开着胶轮拖拉机绕着林子撵。最后终于打到一只，只是没法刮毛。因为身上全是枪眼，吹不起来，漏气。杀猪的都知道要想把毛刮净，必须把猪皮吹鼓，再烫毛，方法是在猪脚脖子处拉一小口，塞进一根管子，往里吹气，吹鼓以后，用绳把切口处扎紧。吹不起来，它的囊膪部位的毛就刮不净。可是猪都打成筛子了，带毛就带毛吧。

第二次长了经验，说什么也不能再给猪皮穿眼儿，一定要手擒。大家轮流追赶，有人拿来绳子想学美国牛仔，套猪；其实中国也有绳套，好像穆桂英就会，尉迟恭的夫人也会。但是那绳子得盘好，重量合适，手得有准儿。结果猪没套成。还是得追。最后猪也又饿又累了，终于就擒。没想到她的同伙冒死相救，好不容易才驱散。

没有人敢杀猪，只好几个壮汉用镐把轮流毒打，整整一天，总算结果了这可怜的畜生。她遍体鳞伤，部分遗体安卧在花椒大料桂皮姜葱之中……享年一岁多。

那时候没冰箱，时值六月，一只猪吃不了，只好把里脊、后臀尖、肘子、板油留下，其余的猪头（含口条、天梯、拱嘴、耳朵）、血脖儿、五花肉、蹄子、尾巴、心、肝、脾（在北京酒铺里又名沙肝）、肺、肚子、腰子、大小肠、尿泡全都掩埋了。

这些野养的猪非常健康，从来不得病。后来圈养的倒常常闹病，打针吃药也不行，经常死猪。

放　羊

　　冬天从内蒙古运来一批新疆细毛羊，兵团要发展养羊业。羊从师部火车站下来，各团领羊的人赶羊回团。

　　几百只羊赶回来后就圈在老房场。赶羊的人梦想着放羊，所以才吃那么多苦，从百里之外把羊赶回来。可中国的事往往是你越想干，越不让你干。赶羊的没捞上这活儿，我这样没想干的，却偏偏轮到了头上。我、死鬼、板牙，还有连生，他是我们班长，我们四个一起放羊，没两天，连生回家探亲一去不返，就剩我们三个了。

　　我们并不爱这些羊，也没有人告诉我们怎么放牧。好在连里种的豆子没有收，还挺在雪地里，我们就把羊群往豆地里一赶。这活儿一个人就干了，到晚上一个人再把羊赶回来。另一个人到食堂去把

207

饭菜打回来，通常是我们去的时候太晚，菜已经没有了，就用扫条穿一串馒头回来，在火上烤一烤，撒点盐，吃起来挺香。去打饭的人负责挑一挑水回来。板牙干这活儿最利落，五里路一挑水，他能挑子不下肩，一拧身，让挑子从右肩换到左肩。这手活儿我后来在他的指导下也会了，但他能一边挑水一边吹口琴我始终也没有学会。

我们有一支七九步枪，是为打狼的。狼一只没打着，板牙却差点让这支枪送了命。我们每次把子弹压在弹舱下。子弹不退出来。枪就靠在墙边。有一天黑子和周某来羊班串门，正好死鬼放羊回来，顺手把枪靠在墙边，脱了大衣帽子，刚喘口气儿。黑子就把枪端起来拉了下枪栓对准板牙瞄准，板牙说枪不准对人。黑子说就对你了! 呆了两秒钟，黑子的枪口抬高了点，这时候他扣动了扳机，枪响了。因为是在一间九米见方的小屋里，枪声震得我耳朵响了好一会儿，顶棚上落下来尘土。板牙呆了，黑子也呆了。可他哥们儿周某没呆，马上就把死鬼骂一顿，说你为什么不把子弹退出来。出了事故，就是你的责任。今天的事谁也不要声张出去! 这样一件子弹走火的大事就被他三言两语压下去了，无论是板牙还是死鬼都觉得很不是滋味。我这个人不爱打小报告，也没有向上反映。

连里的羊没吃几天豆子就出事了。豆子发胀，有的羊吃豆子太多，再一喝水，就涨死了。这下好了，连里改善伙食，吃羊肉馅儿包子。有人一顿能吃十多个，我可以吃四个，大家挺开心。可副连长心疼坏了，因为羊是用来产羊毛的，不是肉羊，这样的羊比肉羊贵多了。

一九六九年，在北大荒留影，这一身行头价值三十七元人民币。

可也没办法，没有专门的饲料，大雪地里，草也没有得吃，只能让它们吃豆子。

有一天团部的兽医来了，看了看羊群，问我们情况。我们说这羊晚上一咳嗽跟老头儿的声音差不多。他说那不是毛病。你们的羊喂水吗？我们说不喂，连我们吃水都困难。他说得喂水，为了让羊多喝水，还得喂盐粒。有的羊长了癞，这样怎么出毛？得治。我们问怎么治？他说得用豆油熬敌百虫往上涂抹。并且要天天清羊圈，保持地皮干燥清洁。我们三个笨人是对付不了这些事的，就向副连长金满汇报。他真是负责任，把这些事一件件都落实了。他帮我们重新砌了炉子，调制好药，给病羊上药。又带着我们清理了羊圈。在连队的井房旁搭了木头槽子，用来喂水。并且按时撒盐让羊来舔。大概他也看出来了，明年是不能再让这几个小子放羊了，太不负责任。

第二年，我先调回农工班，然后他们两个也相继调回，改由高大个子和几个女生放牧，羊群产了不少崽，向着健康方向茁壮成长。

210

抓　贼

　　放羊期间发生过一次抓贼事件。附近的村民经常成车的偷豆地的豆子，有人看见夜半时分他们几十个人在那里抢收。白天放羊的时候我就加了小心。

　　一天，我在豆地里赶羊，前方几百米处忽然有个黑影一闪，不见了，估计是躲到了豆秸垛里。我端起枪，小心地绕过豆垛，突然把枪对准他，那是一个大汉，穿着一身青布棉袄棉裤。我把枪栓拉开，当着他的面把子弹压进去。他害怕了，说别对着人。废话，对的就是你，跟我走。他乖乖地站起来，在我的押送下往连部走去。

　　一路上，引来不少熟人问话，我故作严肃地回答。到了连部，我老远看见副连长金满，马上命令大汉站住，自己假模假式跑上前去立定，敬礼，忙活了几下，把事情经过报告了。金满说你回去吧，我来处理。我又敬礼转身忙活了一阵。要让罪犯感觉我们这儿几乎就是正规部队。

金满把大汉带到了连部，我一直守候在外面，等消息。我估计不一会儿就会命令我把他押解到团部，这样一个盗窃国家财产的重要犯人在那个极左的年代还能有好？

过了一会儿，还不见动静。我扒窗户一看，里面正抽烟呢，嘿。

我还有别的事，就回了羊圈。

后来我问金满怎么处理的。他说把他放了。我问为什么放了？他说，他是复员兵，东海舰队的海军，山东人。因为家贫到关东投奔亲戚，没想到还是吃不饱，听说我们这儿把豆子都喂了羊，所以过来捡点豆子。金满嘱咐他以后不要再来，也请他转告其他老乡不要再来，因为这里的羊是一种特殊的羊，喂点豆子进行实验。不是豆子多得吃不了了。教育完了，从食堂拿了几个大白馒头给他带走了。后来果然没有人再来。我当时不能理解，现在终于理解了，人的生命应该大于一切。我们要有这种同情心。

金满的处理对于当时有点紧张的兵团和公社村民的关系有极大的缓和作用。而离我们十几里路的另外一个连队就不同了，他们和公社的关系因为争夺土地越来越紧张，最后村民对连队发动突然袭击，打死了一个兵团战士。那是一个英俊的哈尔滨青年，他的父母两次丧子。在团部食堂吃饭的时候我看见过来参加葬礼的他的父母，他们眼巴巴看着我们这些活蹦乱跳的小伙子，眼里充满了爱怜。

假如当时按着我的方法处理，或是我对那个偷豆子的大汉有什么伤及皮肉的事，恐怕永无宁日。

烧　水

　　我不是个能干活的人，又笨，又没力气。可是我能摔跤，这就有偷懒的嫌疑。大概是我太不出活吧，或者是连里照顾我，把我从农工班调到后勤烧水。

　　说是锅炉实际上是个茶炉，几桶水加进去就满了。水房的这口井是我们一排新打的，那口老井留着饮羊。锅炉不大，全连用热水都来这儿，我手艺潮①，供不上，就希望来打水的人手下留情。后来我发现连家属都来水房打热水就急了，有天把连长的千金给数落了一顿。结果是人家照旧来，连长还不点名地批评了我。有天机务要

----

①手艺潮：手艺不行，功夫差劲。

给拖拉机水箱灌开水，大早上起来把锅炉的水放了个干净，我心疼坏了，差点跟司机打起来。现在我会开车了，想想那时候，人家那么早起来，天寒地冻的着车不容易，还要跑几十里雪地，我连点热水都供不上，真是不应该。我烧水是又费煤又不爱开，好在大家没跟我计较。要是像现在城里人似的有事没事人手一大杯茶，我非疯了不可。

冬天的时候把水从十几米深的井里摇上来，加到锅炉里，洒出来的水就结成了冰。我个矮，水就洒得更多一些。一双棉皮鞋冻成了一个大冰坨子。鞋里老是水不叽的，居然没把脚冻了。

用水的人多，台阶上就结满了冰，有人在那儿摔倒过。井口和井台上也是冰，非常危险。

有一天，井口的冰已经厚到下不去桶了，不能不除冰了，我只好拿一把镐在井台上刨冰。隔壁小卖店的售货姑娘听见响动赶紧过来帮忙。她和我一样跪在井台上，把胳臂伸进井口里刨冰。我忘记了她有关节炎。

姑娘的心到底是比小伙子细，她一边刨冰，一边和我闲谈，问我家里的情况，有几口人，经济状况如何，有什么打算。我能有什么打算，在这儿先混着呗。我想写小说，但是不能告诉她。后来我突然感到了点什么，我有些害怕，我不想扎根边疆，不是我觉悟低，是我体力差。我试过，跟老职工去拉柴火，实际上是去拉树。我心想如果这车柴火我能对付得了，我就在这儿安家。结果干了半天就顶不住了，人家白饶了我一顿鸡蛋炸酱面，手擀的，酱是自家酿制的大酱。

我简直无地自容，化悲痛为力量把面吃了个精光，出得门来仰天长叹：天亡我也！从此我下了决心不能连累任何人，哪怕她再漂亮。我放下手里的镐，对她说："你先帮我刨一会儿，我给宿舍的火墙添点煤。"我如黄鹤一去不返，或者说如肉包子打狗，有去无回。估计她走了，我返回水房，满以为所有的冰都如沐春风般融化了，再一看，走的时候多少现在还是多少，我叹息一声，自己干起来，可她没有再来帮我。非但如此，再见面都不爱理我。后来我要探亲，凭兵团战士的购货证能买半斤木耳，她居然不卖给我，态度还特不好。

烧水那阵子是我最自由的，刮风下雪别人都随着起床号起来出工，而我不必。我可以自由掌握时间，有了自由，脑子就开始编故事了，等到了晚上我就开讲，没想到还真受欢迎，连别的屋的战士都跑这边来听，大伙儿上烟的上烟，沏茶的沏茶，热闹有如茶馆。后来我发现可以利用他们的瘾，每到紧要关头我就说：等一会儿，我得去给锅炉加水。大伙儿就说别，让某某去！某某就说等我回来再讲。他水加得飞快，片刻就急归。再讲到一处，我又说得添煤了。于是大伙又说某某去，这位也是和上位一样，嘱咐等他回来再讲，也是片刻即回。我不放心去看了一眼，他差点没把火添灭了。

还有一次正在白活，突然有人指着我腰间系的一根类似电线的东西说，雷管！

全场哗然。有个懂爆破的人问我哪儿来的，我说从煤堆上捡的，他说这是挖煤时候放炮用的，要不是被发现，早晚你得挨炸，赶快扔掉。我冲出人群跑到屋外，把它扔进了雪地里。

没有几天，连里找我谈话说我在宿舍说书，收取香烟，剥削他人劳动，并且系着雷管制造恐怖。

我只好收场。于是再也没有人帮我加水，再也没人上烟。

不甘寂寞的我春节的时候在水房贴了一副对联，上联是：锅炉烧开四海水，下联是：薪火燃透五洲云。横批是：釜小通天下。

连里又找我谈话，这次找对了，对联吹得都没谱啦。烧个锅炉你至于的吗？也就仗着我当时不满十八岁，否则以妄想烫死全世界的罪名抓我一个现行①是没问题的。

---

①现行：现行反革命，相对历史反革命而划分。

炖　肉

　　连里第一次吃红烧肉的时候，已经从干打垒的老宿舍搬到新盖的砖房里，那时候小汪当司务长，大食堂里添了十几张大圆桌，挺气派的。厨师是从师部来的正规五级厨师，饭菜马上变了样。红烧肉吃完了渴得很，可又没有喝热水的习惯，因为你没法沏茶，沏了也轮不上你喝。所以都是上水房喝井水。三九天，吃完红烧肉，打一缸子井拔凉水咕咚咕咚灌下去，没事儿。火力多壮！

　　这比我们在老房场吃的自己炖的肘子要强多了。

　　放羊的时候，有一次土匪乙从食堂偷出八个肘子，来到我们马架子，要求用我们的灶炖。正好我还有一小瓶从团部买来的双沟大曲。肘子炖上，只有盐没有酱油，也没有葱姜、大料，炖了半天也不熟，大家等不及就一人一个干起来，不一刻一扫而光。土匪不胜酒力，这屋里有七八个人，居然没有干掉一瓶四两装的白酒。

而铁匠老游击缸家的小鸡儿炖蘑菇我认为天下无有超过者。首先，他用的是在草甸子和林子里放养的不到一年的小公鸡儿，第二是刚采的榛蘑，第三是用柴锅，第四是用豆秸为火，第五是黑龙江湿地的井水，第六就是他老婆亲自掌勺。好像是切块儿半炒半炖，没多大工夫就好了，鲜嫩无比。他天天杀鸡，不过了，把连里补助他的生活费买了二十多瓶"北大荒"，烧酒佐以小鸡炖蘑菇，天天派他儿子小游击缸来叫我，他是要白帝城托孤，我觉得欠他的情太大，不敢去了。后来我自己采了松蘑带回探亲，母亲买了一只老母鸡用一锅水炖上，结果我们互相都不满意，她不满意蘑菇，我不满意鸡和汤。

还有一次在一老职工家吃炖羊肉也很难忘。他是安徽人，在我的班里当农工。连里分了羊肉，他炖好一锅来叫我去享用。那是用酱油炖的，放了许多辣椒。凭良心说做得比较外行，因为羊肉以清炖为好。但是很香，也不膻。我那时候不懂事，抹嘴吃完了，像美食家在饭馆挑毛病一样，跟人家说北京怎么吃，尤其向他重点介绍"东来顺"的涮羊肉，并许以他上北京，我来招待他涮羊肉。现在想起来这么做人太虚伪了，吃了人家还跟人家摆谱。他什么时候能上北京？这炖涮羊肉的许诺把他老婆一天的劳累和他一辈子的美味都断送了，想起来我就恨自己。

夜班饭

夜班饭是给打夜班的人吃的，大多是饺子面条什么的。那个时候人什么时候都能吃，胃好像是个无底洞。刚到兵团的时候，我得了扁桃体炎，直发烧，司务长问我想吃什么，我说了一样，他并没笑话我。我说想吃炸馒头片。哪儿有嗓子疼还吃这个的。到了晚上，他真炸了一脸盆馒头片，外带半脸盆白糖。我还纳闷弄这么多干什么，好，呼啦围上来一堆人，霎时间风卷残云，只剩脸盆，唯一剩下的一口白糖还被人沏了一碗糖水，他还没来得及喝，缸子就被抢翻在地。据说我们连的伙食账就是那个时候亏的。我也曾经夜里被人叫起来吃饺子或是面条，反正一人夜班儿好朋友跟着享福。

那时候伙食费一个月十二块，包伙。所以我们的种种奢侈因为羊毛出在羊身上而最后都得到报应。到了冬天每天喝萝卜汤，一天三顿都是萝卜，全宿舍的人都打臭萝卜嗝。我觉得由于营养太差，牙都松动了。

烟

烟，是我们那个时候的另一种食粮，有时候它比粮食还要重要。饭可以差一两顿不吃，烟要是没了，马上就六神无主。好在一宿舍有二十多人，怎么也能接济一下，不过谁要是有盒好烟，想单独享受那可就难了。

关东烟里最好的是蛤蟆头，有劲，多是老职工卷大炮抽，我试过，差点没背过气去。因为它是生烟，没有做过任何处理，一般知青都受不了。后来从团部来了一个下放的犯错误干部，睡在后勤宿舍，挨着我，他抽一种据说比蛤蟆头还好的黄烟，这家伙是应该下放受受教育，我这么陪他聊天就是想尝尝他的黄烟，他就自己一根根的卷，不说让让我。行，你等着。第二天来了二十多弟兄，都要抽他的黄烟，他傻了，直说，带得不多，怕断顿儿。谁还管你那个，不消片刻，屋里跟着了火一样，差点连他的烟口袋都给抽了。这位干部后来申请到一个比我们连更苦的地方去了，起码那里烟够抽的。

我从北京探家回连后，带了一个烟斗，几包大众烟丝。本想省点钱，多抽几天，好，全都来抽，并且一定要用我的烟斗，几乎轮不上我，那烟斗老是烫手。大众烟丝因为带有香料，一抽就会散发香味。有一天好像是天天读，就是每天出工前抽出一小时读毛主席的语录，或者最新指示。大众烟丝发挥了威力，女生纷纷寻找香源，她们认定男生有人涂脂抹粉。我成了重点嫌疑犯。后来连里找我谈话，说抽烟卷不好吗？干吗要叼个烟斗？形象多不好。要说形象我就气不打一处来，我们衣衫褴褛当然也有几分故意他们从来不管，如今这个显得有点华贵的烟斗倒让他们如芒在背。他们是对所有美的事物都看不惯。没办法，烟斗给了一个老职工。烟丝反正也快没了。那时候北大荒也有"中华"供应，没人抽，太贵。像上海"前门"、"恒大"没有，中档烟有"哈尔滨"，差一点的有"葡萄"，嘬不动，还有"迎春"。我们烟瘾大，对于一个月三十二块工资的兵团战士来说，这个都有点抽不起了，于是就在烟丝烟叶上想办法。田胖子从哈尔滨探亲回来带了一口袋烟丝下脚料，还带了一摞《新华字典》，切成卷烟纸的尺寸，他爸爸是印刷厂的，给儿子准备了一年的烟草。田胖子是九团有名的江湖好汉，没人敢惹，但是烟瘾逼得大家只好与虎谋皮，每天到他那儿蹭烟，卷大炮。真是人多力量大，那么一大口袋烟不到一个月抽完了。由于他的卷烟纸有大量油墨，嗓子受不了，我就在卷烟里加一粒仁丹，变成清凉型的，于是仁丹成了抢手货。回想躺在田胖子的行李上，拿出一条字典纸仔细看完，别人都不看，我是不看字就难受，然后卷一袋烟，和他胡侃一通福尔摩斯，真是神仙般的自在。有时候小垣儿躺在他另一边，小垣儿是我幼儿园时的朋友，我们的友谊一直保持到现在。他出了名的能说会道，人长得也帅。我们俩分左右躺在田胖子的旁边帮他消灭烟草，是他心甘情愿的，因为他觉得就像刘备一样，两边吞云吐雾的是关张二弟。我们一起练贫，常常把田胖子数落得无处藏身。有时候不去骚扰他他还难受，不断地用烟草勾引我们。如今再好的烟抽起来也没有了往日的味道，据说是味蕾退化了。也可能是我们早就把一辈子的烟抽完了。只有一次例外，那是一位朋友从新疆带来莫合烟，用《参考消息》的纸卷着抽，混合着油墨的烟草使我回忆起当年的味道，眼泪差点下来。

追　捕

在一个风雪交加的夜晚，江湖好汉老赵带着他怀孕的未婚妻不辞而别。小汪带着人前去追捕。老赵和他的未婚妻比我们要年长好几岁，婚姻问题自然比我们这些十几岁的孩子要显得重要，但是没人考虑这些，全都是一刀切，大家都没干的事你也不能特殊。老赵和他的未婚妻是发小，双方父亲是把兄弟，自小订了婚，双双来到北大荒，是真准备在这儿扎根的。但是比他们小的孩子们视他们为异己，不断地反对他们。

我没有跟着去追，我认为连里不批准人家结婚，不给人家解决房子就已经够差劲的啦，人家跑回哈尔滨去生孩子也是万不得已。

过了两个时辰，他们满头雪花回来了，没追着。二十七中那个嫉妒心最强的同学跟我急了，说你为什么不去，我就把看法一说，我说你们也不是没有恋爱的可能，不过就是没到那一步，凭什么干涉人家。他说他们是落后分子，未婚先孕是违法的，我说去你妈的。他没话了。好在他没有害我，不然逮不着他们，把我批一顿是很容易的。没过一年，小汪自己和连里的女生谈恋爱了，他这才不再追究老赵的事。老赵在连里分了房子，生儿育女，过上了扎根的日子。

　　我们连队处理这件事还算好的，江边一个连队就不是这样了，差点没把人整死。两个处于热恋中的青年来到黑龙江边，他们按捺不住青春的烈火，在江边的灌木丛中宽衣解带偷尝禁果。女青年的内裤就扔在灌木丛上，老远像一团火，红得耀眼。没想到这块红布害了他们。闻风而至的好奇的战士们发现了他们，他们赤身而逃，在几十人的追赶下他们逃进了一个仓库，男的已经感到恐惧，而女的却充满悲壮和蔑视，她说，抱着我，就这么站着干吧! 男的在她的鼓励下终于横枪立马如入无人之境……他们欲仙欲死的时候被捕了，在无数色狼的目光下，女的丰满洁白的肉体越发显得纯洁。全连开了批斗会，当着几百号人，他们被逼着交代细节，全连听得如醉如痴，进入了集体意淫。批斗会后，男女受到严厉的处分，被永远分开了。

　　缺乏人性的事在当时比比皆是。后来轮到他们自己身上时暴露得更彻底。知青大返城时，为了逃脱艰苦的环境，人们不惜拆散家庭，骨肉分离。还有的把亲生骨肉送人。那些个平日吊儿郎当的人还

226

有情可说，可那些政治上进步得不得了的人，那些平日管人的干部们一样狠下心来，遗弃了他们的伴侣，遗弃了他们的黑土地。

老职工

老职工的成分比较复杂。他们有从山东、河北、河南、安徽、四川、陕西、东三省来的移民和盲流,也有部队的复员兵,从五十年代到六十年代都有。他们是连队的技术主力,从木匠、铁匠、机务、食堂到窑地、场院、基建,没有他们的指导活就没法干。后来部分知青也掌握了关键技术,情况略有改观。但是技术始终掌握在老职工手里。他们比知青成熟,也更有人情味。因为他们要在这里待一辈子,所以对自然环境和生产力相对比较爱护,能从长远利益出发。

老职工很少像知青那么好斗,没事以打架取乐。有那功夫他们会拿上猎枪去打野鸡。

老职工以北大荒人特有的幽默来对待生活,从容不迫,充满智慧。

有一次大家正在干活，忽然两只狗交配上了，有个女生问旁边的老职工：它们干什么呢？

大家不知道老职工怎么回答。

老职工故作轻松地说："它累了，它背它一会儿。"一个让人心跳的问题就这么轻松缓解了。

知青干活比着较劲，老职工张海库就说：以后有的是干活的日子，你们现在正长身体，别弩着。这句话现在应验了，好多知青一身是病，都是那个时候超负荷劳动留下的。海库身板单薄，可瓦工活儿干得漂亮极了，那是把式。

赵永林是四野的重机枪手，右手少两根指头，说话办事有板有眼，调度分配丝毫不乱。在他的指挥下，活儿干着顺，痛快。有一次扑救荒火，就多亏了他。

老职工馋，有时候还有点色情，但他们是真正的人，不昧着良心说话。

对他们来说能通过劳动比赛满足口腹之欲是一件愉快的事情。比如割麦子的时候地头放上麻花烧酒。北大荒地大，垄长得一眼望不到头。有这两样东西他们就会拼命。我始终不明白这两样东西是怎么搭配到一起的，不配套呀，干半天活儿，口干舌燥的，这两样东西吃着也不舒服，叫水。

他们男女之间会开一些露骨的玩笑，甚至直接把手伸到人家媳妇的裤裆里。那边嘴里大骂，可是心里并不真恼。

我们连里来了一个知青卫生员，她是犯了生活错误调到我们连的。她高大结实，长得并不好看，红红的长脸线条挺硬，上面长着青春痘。她人特别好，从来不跟人争，干活卖力气，一说话特别腼腆。可就是一样，她永远欲火中烧。有一次她给我包扎镰刀割破的手指，从她的呼吸中你就可以感受到一种格外的热。她不断地犯错误，有时候还同时跟几个人干。调到我们连以后沉寂了一段时间，她在菜窖里和黄皮子招呼上了，小游击缸到菜窖去偷萝卜发现他们正在萝卜堆上颠鸾倒凤。其实小游击缸没有出卖他们，是黄皮子自己绷不住了，他是复员兵，又是党员，还是副连长，他主动坦白，把卫生员出卖了。可想而知，她为自己付出了多大的代价。

我们那时候都太小，没人敢跟她接近，甚至把她视为洪水猛兽，只有老职工不怕这些。后来听说黄皮子之后，又有别的老职工上她。

她这点事搁到现在就不算什么了，说不定还能拍成个电影送戛纳。

荒　火

为了防火，围着驻地用拖拉机犁出几十米宽的防火道。一开始我认为多余，这么宽的隔离带用得着吗？春天的时候，一场荒火给了我们教训。

那是草甸子绿了，柞树林子绿了的时候。火从西方而来，远远的像一道火龙，看不见头尾直扑我连而来。

赵永林喊了声：带上扫帚、树枝子！领着几十人就奔西去了。

我幸运地在他的麾下，得以欣赏他灭火的风采。

面对扑面而来的烈火，赵永林辨别了风向，果断地命令：跳过去！

他是让我们跳到火那边去。那边已是一片焦土，烧过的草炭还一明一暗闪着红亮。见我们迟疑，他纵身跳了过去。我们也跟着跳了过去。没想到，那边是另一片天地，除了有人的袜子烫了几个洞以外，一切安全。我们顺着风打火，效率很高，不断地把火扑灭。

那火真是吓人，几十米宽的防火道，一团火星随风飘过，腾的一下，对面霎时就是一片火海，这防火道起不了多大作用，他们说黑龙江都挡不住火，它能越江而过，百里草原化为灰烬，成片的林子，树叶还是绿的，离火还有一段距离就腾地燃烧起来，火舌几秒钟就能着到树顶。飞禽走兽四处逃窜。

我们保住了连队，没有被大火烧毁，可是小火却总是捣乱。不一会儿，就会自燃起来，什么叫死灰复燃我算是领教了。正在打盹，突然一声"着了！"在炕上东倒西歪的大伙就扑向外边，一通扑打，才把外边的火扑灭，不一会儿又着了。

我们连是保住了。另外一队有两人受伤，因为他们没有赵永林的指导，迎着火上，不肯退却，结果烧伤了。

那个时候形式主义猖獗，人们往往注重打火的态度，而忽略结果。打不赢就撤是行不通的，人们不愿做逃兵。在另外一个团里发生了惨剧，一个浑蛋指挥年轻的兵团战士组成人墙，阻挡火的前进，结果几十人葬身火海！

人们以为荒火对草原有害，可是奇怪的很，过火的草原和林子长得更加茂密苗壮。

制　砖

　　我们用泥坯盖成砖窑后，就开始制砖了。挖掘机和推土机把地铲了个大坑，土堆成了小山。一架用拖拉机皮带轮带动的制砖机摆在土山脚下，一人站在喂入口往里填土，一人站在机前用钢丝把挤出来的大块泥坯切成标准的砖坯，另外两个人把切好的砖坯抬到等候的小车上，其他的人负责供土和码坯。为了能在上冻之前盖好砖房，必须抢进度。机器彻夜轰鸣，成百上千的砖从土制砖机里钻出来。钢丝断了，马上换！皮带断了马上接。我的小肠从腹股沟里坠落下来，忍着！

　　我站在喂入口沿子上，背后是土山，往里喂土。有一次一车土差点把我撞进机器里。我穿着姑姑的一双女式雨鞋，挥锹干到天亮。

下工后睡在林子里新盖的没有安窗子的叉墙草房里，晨雾飘进来，湿气笼罩着我们，一个上海知青腿疼得瘫痪了，而我只是腹坠恶心。后来到团部医院看病，外科医生毫不犹豫地说：附睾炎，摘了吧。虽然彭德怀元帅也是一个睾丸，但是我没必要攀比，在没弄清楚前，我决不会让这个医生得逞。他吓唬我说会影响另一个，摘晚了连那一个也保不住。我逃了。后来经另一个医生检查是疝气，我没有在兵团做手术，而是坚持回北京检查。它至今完好地跟随着我。

探　家

第一次探家是令人难忘的。

松花江已经上冻，我是从团部坐大客到鹤岗，再从鹤岗乘慢车去佳木斯，从那里倒车到沈阳再倒车去北京。一路上归心似箭，想着十七岁了，见了家人要显出走南闯北无所谓的样子。没想到一进家门就潸然泪下，还是未脱孩子气。

家人对你欢迎，街道可并不。住了一个月后，一个街道管临时户口的积极分子让人捎话给我，赶紧去补办临时户口。我去了，手里只有一个回京看病的证明，她看了看，把证明没收了，说："你这个过期了！不能办。"我说："那个证明是给医院的，我看病还得用。"她不情愿地把它还给了我，说："什么时候走？"她是问我回东北的时间。

我说:"病还没有看好,看好了就回去。""你现在不合法知道吗?没有临时户口不能住。"我心里一阵难过,我住在我自己家里,什么临时户口?我从小没干过一件影响社会治安的事情,除了协助表弟打过一只猫外。最让人伤心的是我们在北大荒保卫祖国屯垦戍边,回来住都不让住。人在矮檐下,怎敢不低头,我只好说,已经给团里写信,让他们把补开的证明寄来。

我当时看的是疝气,得动手术,可我的治疗费不能报销,我自己出不起这笔钱,只好拖着。我已经超假了,也没法跟团里交代,索性来个爱谁谁,反正你不能把我抓起来。后来我返城后,派出所的一位年轻的南京口音的女警要我跟她去核对户口,到了管户口的那位街道积极分子家里,她认出了我,她没想到她的户口也要核对,她很慌张,不知道我和派出所是什么关系,也许是当了便衣?也许成了线人?反正得罪不起,她端茶倒水格外殷勤,我不理她,只是看她穿着游泳衣傻逼似的坐在沙滩上的玉照。她直发毛。原来作威作福的人也会低三下四。

我在北京待了两个月,春节一过就返回了北大荒。

第二次探家因为有赵振垣和林光同行,并不寂寞,我们到天津转车,逛了劝业场,排大队吃了狗不理包子,印象颇佳,馅儿好,皮儿也好,一咬流汁儿。为什么不是流油呢?因为天津包子重在打馅儿,用水把肉馅儿顺一个方向搅拌成糊状,所以流出的应该是油和水的混合体,称汁更贴切。那顿包子永生难忘,三十年后我去天津买靛颏儿，专门打车到狗不理本店去吃包子，却见门可罗雀，生意清淡。等包子端上来原来是速冻的，一咬，如同嚼蜡。为什么我们的传统就不能坚持下去呢？

第二次探家我有一个重要的任务，就是买一块进口手表。因为战争一触即发，随身携带的贵重物品，能够换一顿饱饭的恐怕就是手表和珠宝，这样我决定买一块好一点的手表。第一年我寄回家买表的钱，家里挪用了，第二年的钱和上回的合起来够了，买一块瑞士英纳格的手表要一百八十五块，罗马牌的要一百九十五块。英纳格的那时候出了一种新样子，表壳带着刨痕，有一种粗糙的美。这些进口表平日并不摆在表店的柜台上，它们只有在年节或是需要货币回笼的时候才投放到市场。因此，持币待购的人天天在表店门前守候。我从春天守候到秋天，有天中午刚回家听同院的人说，和平里正在发进口表的购物券，我还是落空了。赶紧坐104路电车到和平里商场，只见人山人海，排着长龙。我排了半天，到下午，终于挤进一个小院，在警察的疏导下，挨到窗口领了一张购物券。按照规定的时间和地点，我提前一天在王府井亨得利表店又排了一晚上队，才凭券买到一块英纳格手表。那种辛苦不比在兵团干活轻松，真是不堪回首。

第二次探家是一九七二年。我又没报临时户口。有一天我家的管灯坏了，要买新的必须有街道居委会的证明。我硬着头皮找到居委会，她们在一间街道工厂里干活儿，所有的街道妇女都停下手中的活瞪着我。街道主任跟我打官腔，就是不给盖章，害得我家好几天点蜡。最后二舅从别人所住的街道开出证明把灯买了。在那个物质匮乏的年代，几个街道妇女就敢利用手中的权力剥夺一家人的生活必须供应品。"文革"期间她们为了强占人家的好房子，不惜对房主进行陷害。真是无恶不作。

在办理困退手续时，街道办事处来人调查，同院的街道积极分子家属竟然作伪证，说我二姨姥姥的半身不遂是假的，她能够自理，还能给全院儿烧开水，致使我的困退险些夭折。等我返城后，她们又拒不给我找工作，逼得我不得不去走后门在西城一家小作坊似的集体工厂落了脚。街道在我家遇到重大困难时非但没有给我家任何人道主义的帮助，反而处处刁难，制造障碍。这种险恶的街道环境给了我二十六年后写作话剧《坏话一条街》的启发。

第二次探家期间，我父亲催我尽快返回北大荒，我已经准备买车票了，没想到家庭连遭不幸，母亲和大妹妹连续病倒。父亲在郊区上班，一星期回家一次，全部生活重担就落在了我一个人的肩上。做饭的基本功就是那个时候练出来的。

二姨姥姥不愿意给家里再增加负担，她提出回老家由她的几房侄子照料，生活费由母亲供给。没办法，我回来后住房更紧了，只得同意她的要求。一个冬天的早上，这位把我们带大的老太太躺在一辆铺着棉被的平板车上，由我拉着去了永定门长途汽车站，我上初中的小妹妹陪着她坐上去河间的长途车走了，从此再也没有回来。

我工作后因为不好请假，始终也未能前去看望她，她总是跟人打听我，到底是在北京还是在北大荒。在她的内心深处总有一种忧虑，就是我的前途，似乎我老是安定不下来，永远在漂泊。唐山大地震第二年，一生受苦的她老人家去世了，没有能按照她的要求土葬，还是火化了。她活着的时候对我说过，别烧她，她怕烫。

高　生

　　高生是我们连指导员，大眼高鼻，一张瘦削的脸，很精神。岁月过早地给他的脸上留下了痕迹，那时候没看过日本电影，否则就会把他当成高仓健。他比我们大不了十岁，可却感觉大了一辈，他是全连的肩膀，都靠着他。

　　这位高炮部队的优等射手，带着老知青在一片荒原上建起了最初的连队，打了第一口井，盖了第一栋干打垒的宿舍和拉合辫的仓库。我们来的时候对这一切都不领情，也不知道创业的艰难，而他和他们也从不说创业的事情。

　　高生派上海知青杨富荣登上丛林中的航标灯塔，测绘了连队的地形图，他一手安排了连队的建设规划。他带着人盖的宿舍瞧着东倒西歪，可是拿拖拉机拉都不倒，邪了。有点像他这个人吧，犟。后来派了连长老魏来领导机务，他俩合不来。老高是六四年的兵，老魏是五八年的兵，老魏大几岁更实际，老高更多一些理想和热情。连队的干部和群众也分成两拨，各自拥戴一方。老魏听上面的话，老高往往根据实践来执行上面的指示。我们刚来的时候，他俩到了不说话的地步，工作没有人抓，陷于瘫痪。后来团里开展"反骄破满"运动，老高因为开会迟到被抓了典型，停职反省，调离了连队。

我那个时候在连队比较自由散漫，经常出幺蛾子，天天读这样重要的会我竟然牵着狗出席。可是老高没有处分我。我前面说的连里对我的种种限制都是新领导做出的。

有一年一只熊瞎子不知从哪里钻了出来，直奔场院。老高用一把扬叉和狗熊支应，掩护大家爬上粮垛。等他再跑的时候，被狗熊打伤了，幸好追踪而来的猎人到了，狗熊才放弃了他。

但是谁也没有想到这样一位大智大勇的人最后被一只公牛顶死了。

他一手带起了好多知青干部，然后眼睁睁看着他们离开了北大荒，黑土地上留下了寂寞的他。

信号弹

每到晚上，驻地周围常常升起莫名其妙的信号弹，所有连队都一样。始终抓不到打信号弹的人。当时中苏交恶，肯定是苏修特务所为。可他们得有多少人才能完成这么艰巨的任务？

某武装连换防，马上有信号弹升空，某连更换干部，马上有信号弹，某股长奸污女知青，有信号弹，某连全体拉稀有信号弹……直让人发毛，特务就在我们身边，而我们却不知道他是谁。

有人说，信号弹不是人工施放的，是空投的定时装置。我们就问你怎么知道？

迫于紧张的形势，每天必须有人站岗，先是全派男生。每半小时一轮换。有个闹钟掌握时间。到了土匪乙的时候他把时间拨快了一刻钟，交给下一班。于是好几个人效法，最后全连早起了两个小时，天还黑着呢。于是就改为一男一女，这下倒好，成就了不少对爱侣。

现在中俄关系好了，但是信号弹的事始终是个谜。二十六年后我写了个剧本就叫《信号弹》。

割　地

　　人工收割叫做割地。它包括收割各种作物。我们割过麦子、豆子、高粱、黍子、麻秆、苞米。最累的应该属割地垄过长的麦子和豆子。

　　那时候兵团早就实现了机械化，有联合收割机。可是不用，要人定胜天。怕人待成修正主义。于是男女老少齐上阵，割得昏天黑地。由于越割越远，中午饭都送到地头去。

　　但是人工效率毕竟赶不上机械，最后误了节气，不是大雨把麦子泡到大田里，就是大雪把庄稼捂在雪地里。我们曾经趟着没膝深的水割麦子，也曾经在大雪地里半夜脱谷。一边脱，一边把麦秸点燃取暖。又累又冷。累了就大家一起使劲，把许多捆麦子一下子填进脱谷机的喂入口，造成堵塞，机务人员就得从驾驶室里下来掏麦捆。我们就可以乘机取暖。西北风吹得后背发麻，胸前却被烈火烤得发出焦糊的气味。脚冻得生疼，往火里跳进去片刻赶紧再出来，缓解一下。太冷了，真是火烤胸前暖，风吹背后寒。

可这都不是致命的打击。那一年深秋，我们正在长龙岗割豆子，累得腰酸背疼。消息灵通的前司务长走过来悄悄告诉我，林彪叛逃失败，死了。这个讽刺太无情了，我们不用机械用手去割庄稼为的就是防止变修，他倒好，直接投奔修正主义大本营去了。一下子大伙儿情绪没了，割地的速度明显下降，大家开始交头接耳，说的都是这档子事。这才是致命的打击。

冬天，关于林彪的文件传达了，可是副作用是明显的，人们对政治宣传不再相信了。

散　伙

　　天下没有不散的宴席。随着极左思潮的减弱，人们开始考虑个人命运，铁打的营盘也开始松动了。走后门参军先拉开了序幕，接着是考文艺兵，然后是工农兵上大学，然后是困退返城，转插（就是到离家乡近点的地方去插队），最后是病退返城。兵团几乎瘫痪，沿黑龙江部署的"建""设""钢""铁""边""疆"六个农垦师顷刻瓦解，人去楼空。

　　大片土地开垦后荒芜，大批的学生没有教师；医生走了，驾驶员走了，职工走了，干部走了，知青宿舍空了，连家属房也空出来了。

　　奇怪的是苏修并没有乘虚而入。他们一定以为这是我们的疑兵之计。

兵团改回农场，不懂生产的现役军人撤走了，懂生产的原农场领导又回来了。

但是真的需要这么多土地吗？或者说种得过来这么多土地吗？

有个别留在当地的知青自杀，也有返城的知青自杀。

由于最初的政策是办理单身知青返城，所以好多人离异。

后来政策宽松，允许全家返城，但是又引起新一轮的离异。因为同是知青的可以一起返城，一方是当地青年的则一方不能返城。而那些双双返城的知青，后来为了出国又不得不在洋政策的限制下妻离子散，劳燕分飞。

什么爱情、信仰，在严酷的现实下通通化作齑粉。

做　客

　　大约经过一年半的时间，安置办公室终于批准了我母亲单位报上来的困退申请，我可以返城了。那是一九七三年十一月。为了妥当起见，"安办"要我亲自回团去取手续。我再一次踏上了北上的路途。

　　由于在北京耽搁久了，我没有边防证，而从鹤岗到绥滨要经过梧桐河和嘟噜河两道边防检查站，哪一站查出来都过不去。我决定先到佳木斯兵团总部去办理证件。我是先到长春，再从长春转车到佳木斯。为了省几个钱，我坐的是慢车。可能是在长春受了风寒，到了车上我开始腹泻、拉水，车上的厕所被我一个人包了，我几乎就没离开过厕所，不停水泻。只几个时辰，我就瘦了一圈，眼眶发黑，站都站不住了。多亏同坐的一位姑娘关照，座位才没被别人占了。她是吉林插队的，回佳木斯去看姥姥。第二天天亮，车到站了，她扶着我下了车，邀请我到她姥姥家去休息一下。我这副样子怎么好去打扰人家，只好婉谢，各奔前程。

离开车站第一件事就是找一家药店，买了八十片合霉素，店员说这是儿童吃的，剂量要加大，一次得吃二十片。我遵命服下。真是神奇，腹泻立刻停止。这么好的药如今竟然不生产了。我赶紧把剩下的凉火烧消灭干净。身子觉得有了点力气。

来到兵团司令部，一座小楼干净整洁，不过我不再羡慕，我要回北京了。

边防证没办下来，他们说我不合手续并且说通过检查站没问题。他们不阻拦知青。

但是我还是提心吊胆。

也没来得及欣赏佳木斯的风景就赶紧换车到鹤岗。

鹤岗的兵团招待所我住不起，就在门斗后面的麻袋堆上忍了一宿，夜里，下了头一场雪，冷极了。其实根据我那时严重脱水的情况早就应该住院输液。可是身上没有任何证明，而且没有多少钱，只能硬扛。

第二天，坐上了长途车。到了梧桐河检查站我下来了，我的那位打猫的表弟就在离此不远的十五团的一个连队里，我要顺路看看他。

检查站的人都是现役军人，他们对我问路很不耐烦，有个战士还老呵斥我。这时候一个躺在炕上年龄比他们都大的穿便衣的汉子说话了。他问完我后说，你找的人我认识。这里离你表弟的连队还有十几里路，你明天上车来不及，不如你们在我的办公室里见个面，我去给你把他找来。

他走了。他说他姓张，水文站的。

下午的时候，他带着我表弟来了。看看天色不早，他去家里端来了饭菜，还有一大锅酸菜炖粉条子，我把一锅汤都喝了。口还是渴，又喝了两暖壶开水，这才活过来。如今流行东北菜，可我觉着都不如老张做得好。聊了会儿天儿，大概是心情不同吧，我要离开北大荒，而表弟他还前途未卜。他拿了我两盒"前门"走了。晚上，老张安排我睡在办公室里，他说他爱人正生病，家里招待不方便。他捅开了炉子，火墙很暖和。躺在他的办公桌上，盖着他的被褥，我心里发热。老张跟我非亲非故，揽这个闲事给他添多少累呀。无非他是个热心肠，对知青有恻隐之心。

第二天天一亮，老张就来叫，说是该上路了，大客车一会儿就到。我千恩万谢，他只是笑，随手塞给我一张字条。我打开一看，见上面写着：嘟噜河边防检查站，今有我的朋友过士行回九团，忘记带边防证，请见条放行。水文站老张。

我喜出望外。这下妥了。

车开动了，回头望去，白雪映照下的柞树林红得像火。

我过了嘟噜河，他们没有检查我。

老张的便条我一直保留着，这是走上社会后，第一个别人为我私人担保的文件，人家相信我，这多让人感动。后来，一九七六年唐山大地震，家里搭地震棚，东西拿乱了，老张的便条也就找不到了。老张今年有六十多岁了吧，不知他还在不在梧桐河，那间办公室还有没有？

告　别

　　到了团部天已经黑了，幸好胡成开着铁牛55来团部办事，我搭了车。李铁匠坐在副驾驶的位置，我就猫在驾驶楼的后面，一路颠簸，我的头不断撞击着铁皮顶子。因为下了雪，道路反光，视线很好。望着苍茫的黑土地，我的心里突然产生了一种惜别之情。回到连里，哥儿几个来看我，邀请我再讲一段故事。我抖擞精神，给他们讲了一个在北京听来的没头没脑的惊险故事《十三朵浪花》，全场二十几口子没有一个人说话，静静的，不断有划火柴的亮光，烟你一棵我一棵地抽着。副连长路过宿舍在炕沿上坐了几分钟，他没有制止，悄悄溜了。故事讲到深夜，没有一个睡，只是不断有人给我打水喝，并拔凉，我喝了有半水桶，他们奇怪怎么我这么渴，他们哪知道我拉出

252

去的水比这个还多。

第二天一早，我到连部去办理了手续，然后开始绕连队一周，长龙岗已经平了，连队周围的林子也没了。只有西边还稀疏地有几棵树。连队正在修一条直通团部的砂石大道，战友们正在用镐刨冻土。见到瘦高的女生赵平在寒风中抡镐，不由一阵心疼，脱口说了句：还是当年穆桂英！这句话让她记了好多年。

水房、牛棚、家属房，老职工们，我都见了，然后打点行装。来的时候北京先发后卖给我们的屎黄棉袄棉裤给了眼子做纪念，其他像蚊帐、狗皮褥子都留给了他。毕竟他是我小学到中学的同学。那口旧箱子里只剩下一件大衣、一套被褥和几本一直没有敢看的书——《古文观止》、《幼学琼林》。

一大帮哥们儿请假到团部送我。眼子、田胖子、李明柯、侯秀起，足有十来人，占了半个货车厢。

到团部军务股提取档案办理户口转迁证明后，大伙儿一直把我送上大客车，我把剩下的"前门"掏出来，都给大家留下。车子动了，我再也抑制不住了，痛哭失声。十几个小伙子站在雪地里，故作坚强状，不动声色。他们也许在想着自己的心事吧。车越走越远，从后窗望出去，好像有人在抹眼睛。战友们！原谅我这个逃兵吧，我先撤了……

我从心里感谢最艰苦的开荒连队所给予我的一切，它让我知道了生存的艰难和一个人的渺小。我怀念每一位和我朝夕相处的战友，没有他们我更是无法在这一片荒原上生存。

这一年我二十岁。

泡在大连

列车越向西走，我越是留恋关东这块广袤的土地，也许我再也没机会回来了。路过沈阳的时候我下车了，买了去大连的车票。我要游山玩水，看看我从来没见过的大海！

到大连我先去买回天津的船票。没想到船票卖光了，下一班的船要过两天再卖。我滞留在大连了。算算兜里的钱，只能勒裤腰带了。我买了一提包国光苹果，最便宜的，又小又青。白天在大连游逛，晚上睡在火车站候车室的长椅上。我打算一顿饭在饭馆吃，一顿饭用苹果充饥。一天两顿，旅馆费也省了。大连真是个好地方，城市规划得井井有条，连一个街头售货亭都造得美观讲究。可是我没钱去旅顺，这个日俄战争中的历史名城，下回再看吧。晚上，警察来查我

一九七三年，滞留大连，在老虎滩闲坐。

的证件，要我去旅馆住。我说明天就走。旅馆哪儿住得起。想想看，我们那个时候还不如现在的民工。

大连的美丽清洁给我留下了深刻的印象，我来到星海公园，在星海饭店凭窗而坐，黑土白雪换成了碧海蓝天。面对大海痛饮生啤，大啖海蛎子。我不敢相信享受眼前这一切的是我本人。似乎冥冥中有一个声音向我呵斥：起立！马上归队！

起了八级大风，海浪滔天，船不能出港。下一班轮船的票遥遥无期。我忽然灵机一动，船走不了，一定有人退票……真是运气好，有一张三等舱的退票。

我开始在候船大厅过夜，跟回山东的打短工的村妞混在一起，躺在她们的行李包上，有她们的照看，我提包里的所有档案手续可以放心了，我安然入睡。她们一宿没合眼，看着随身的行李，也许是她们怕我把行李拐跑吧。

过了两天，风力减到七级，港务局决定开往塘沽的东方红1号起航。有人高价求购船票。我心想你们也太机械了，早干什么去了。

在三等舱里安顿下，才知道一个房间里的六个人都是出差的，其中还有一个东海舰队司令部的参谋。像我这样年轻自费的旅游者他们觉着很新鲜。

汽笛声在海港上空回荡，轮船渐渐驶离了灯火通明的大连港，我们从甲板返回舱里。过了一会儿，广播通知说海面风浪十级，必须回港避风，乘客不必下船。

这一晚上，我们停留在港口。我又在舱里大讲故事，受到热烈欢迎。夜半时分，船又起航了。我们感觉船颠簸得很厉害，所有的人除了我都吐了，东海舰队的参谋说：你真应该当海军。我说你要我吗？他犹豫了一下说，没有外调，怎么能轻易招兵。我一想也罢，在船上招的兵回头再复员回船上。

　　到塘沽的时候是早上，路灯还亮着，从码头赶往火车站，买了去北京的第12次快车票。从沈阳直发北京的这趟车人挤得满满的，我一路站到了北京。我知道从今后再没有热血青春，只能按照一个普通小市民的方式来安排自己的生活了，知足吧。到北京的当天我跑了三个地方，去"安办"交差，换回手续，到派出所开了上户口的证明，赶到市公安局，把所有材料交了，他们很快就办理了注册登记。我再赶回派出所把最后的手续办完，终于领回一张北京的户口卡片。回想那一摞材料上的笔迹，我突然冒出一个想法，其实伪造这些手续是很容易的。

从学徒到记者

学　徒

　　我又属于这个从小长大的院落了。儿时的伙伴现在都是独当一面的工人师傅了。大群是车工，大鹏是火车司机，康子是锅炉工，那两位的事都插不上嘴，锅炉我烧过，跟康子一聊才知道，他是专门的锅炉技校出来的，大型锅炉不比茶炉，仪表多得不比飞机上的少，工人得有证才能操作。大鹏是先学司炉烧火，等于也是烧锅炉出身不过是火车上烧，我那唯一一点跟工业有关的常识跟他们一比不够用了。想起去北大荒，临走前许给他们军帽换五毛钱的事恍如隔世。才五年，好像一个世纪那么漫长。

　　我到一家集体性质的生产压面机和电机的工厂当了一名车工，那一年我二十一岁，可是却觉得已经太大了，学习车工技术，我第一次感觉反应迟钝,我有点悲观,对看图施工没有把握。我觉得在北大荒磨炼了意志,可没有磨炼出头脑,大拨儿哄惯了,让你独立思考就不行了。另外农活是"齐不齐,一把泥",差点没关系。机加工可就不行了,公差常常以丝计算,差一点都不行。

好在我干的活是批活儿,不是零活儿。师傅把刀都对好了,直接干就行了。不怕您笑话,最初干的是齐头儿,就是把45号圆钢按制作电机轴的长度找齐。所以多用切刀。这种刀的刃是横的,槽也好磨,我买了一摞切削加工的书,把怎么磨刀看明白了,一试,师傅姓卢,是个女的,直夸我聪明。可是到了磨别的刀就傻了。比如挑蜗轮蜗杆,车刀要计算螺旋角,需要开方,我没学过,听着都糊涂。这种刀不会磨,这种活儿也不敢干。也没轮到我干。

没多久,检验的赵师傅把我要去,主要是检验电机转子的外圆直径,电机壳的内径,电机盖轴眼的孔径。有的用外径千分尺,有的用内径千分尺,有的用塞规,量这种东西手法很重要,手法不对往往量不准,和被检查者发生矛盾。

赵师傅人善良、爱说、能干。检验有间小屋,那里是听我师傅云山雾罩的地方。他卷旱烟叶子抽,我闻着觉得很熟悉。他只要能倾诉就高兴,你爱听不听。他是孝子,跟媳妇感情不和,有一肚子怨气。后来老有徒工找我聊天,他又不便批评,就找借口躲出去,证明上班聊天与他无关。可是他一走,他刚凉好了的茶水就被这帮小子喝个底儿干,他终于说我,别老招人来,上班聊儿可是要挨撸的。可是不

262

一九七七年，学徒期满。

成，我人缘儿太好，连中年师傅都来找我聊天，都是男的啊，果然头儿提意见了。

赵师傅不知怎么想的，突然说为了我能学技术，放弃舒适的检验工作，仍然干他的老本行，上车床。我没意见，跟着他是干零活儿，能学技术。就是得倒班。师傅住在苹果园，他都不怕远，我怕什么。他是为了我呀。结果来的车床是30床子，师傅个大，跟这床子般配，我个小儿，没一个说合适的。起先师傅还挺热心，后来我一年住一回院，先是把小肠疝气做了，就是在兵团没敢做的那个疝气；然后是把扁桃体割了，如果再继续待在工厂，还不知要把什么割了呢。师傅自己忙活，我是轻工作，慢慢师傅也累了，后来我又经常去当围棋裁判，像市运会，中日围棋友谊赛，师傅是彻底指不上我了。有一天我连续给他打断了好几把车刀，他也不说我，自己默默去砂轮那儿磨刀。我很难受，知道他越不说我，越是不妙。果然，当有一次我当完裁判回来后，车间通知我调工作了。

原来师傅把我一个小师弟留下了，幸好另一位搞动平衡的张师傅要我。那时候我差一年出徒，现改弦更张学动平衡。这个好学，师傅没瞒我，全告诉我了。他是去过越南的炮兵，老给我们讲在越南挨美国人炸的事。他说不能开炮打飞机，开了一炮，暴露了位置，马上就招来报复，不等你撤走，轰炸机就来了。苏联的阵地能跟美国打个平手，人家有导弹。他一说这个，旁边磨床上的小黄就不做声了，他爸爸就是二炮的师级干部，管导弹的。

张师傅没有赵师傅坚强，遇上大事爱哭。跟头儿打完架挨了处分更哭了。头儿一看他服软了，把处分给撤了。

张师傅爱媳妇，会爱更会怕，经常故意露个怕媳妇的破绽给大家，招一顿奚落他心里舒坦。可是二十年后，孩子也大了，他的爱妻却撒手人寰，张师傅怎么挺过来的我不知道。好在苍天有眼，他又找到一个岁数更小的媳妇，他更怕了。

我们动平衡那里又成了一个聊天的沙龙，头儿把张师傅调走了。他是专门学动平衡的，结果教会徒弟饿死师傅。不过张师傅够意思，把全部东西都给我传了下来，没有为难我。

学徒期间第一年月工资十六块钱，单位报销乘车月票。每月伙食要吃十来块钱，可以剩下两三块钱零花，够买一条"恒大"级的烟，那时候一盒儿"恒大"三毛一，简装"前门"要三毛六。我算了算，那时候十六块钱合现在差不多五百块钱，跟我目前的月工资差不多，不敢奢侈。第二年挣十八，可以把烟的档次提高到"前门"、"香山"，但是只够买一条的，也就是只能三天抽一盒。还要穿衣吃饭。好在家里不要我钱，还能蹭一顿饭。第三年好像该挣二十一块了，新政策下来了，插队算工龄，可以在学徒期间挣二十六块。我就在第三年幸运地长了五块钱。这下敢稍微伸伸腰了。这一年是一九七七年，"四人帮"已经粉碎一年了。我和磨床的小黄经常下馆子，要四个菜两个汤，他能喝汤，所以得俩汤。那时候兵团的小垣儿回家探亲，我在丰泽园请他，吃一个葱烧海参，三块钱，那时候觉得不贵，现在一算也合九十块了。

空　虚

　　在工厂期间我老觉得觉不够睡，因为在兵团放羊的时候睡得太多了。但是我们愿意上夜班，夜宵过后，找个地方一眯，睡到两三点钟起来，再干会儿活就该下班了。白天少睡会儿觉多玩儿会儿。

　　玩儿是因为郁闷。因为我技术不行，在工厂没技术的大部分吃开口饭，就是靠作大报告、打小报告为生，也就是吃所谓的政治饭，我不愿意，所以上下不靠。人家都贴大字报说的是如何批林批孔，后来是批邓，我贴的大字报是分析青年工人的诗歌创作。全厂职工干部看得糊里糊涂，不知我要干什么。用诗歌反党？不像，用诗歌促进生产力？没那么大劲儿。那他要干什么？被评论的作者也不高兴，凭什么你说三道四的。那里没有文学的地位。想想那次贴大字报我就为自己强加于人和故作学术状的幼稚脸红。

后来又来了一次脱产的机会。第一线的工人最愿意脱产，因为只有脱产他才能找回自我。这次脱产说起来极其荒诞，是局里举办评法批儒故事员学习班。脱产是让大家搞创作。其实很简单，把历史上的人物分成儒法两派，讲述他们的斗争。有的很牵强。比方说，诸葛亮就是法家，因为他失街亭后，挥泪斩了马谡，执法严明。曹操也是法家。因为他直接迫害儒家，把孔子的后代孔融杀了。小时候学课文就知道孔融让梨的故事，多么懂事的孩子，大梨让给兄长，自己挑小的吃，哪儿像曹操，"宁叫我负天下人，不叫天下人负我"，这样的人让曹操给杀了。还有一位击鼓骂曹的祢衡，也让曹操给发派到敌人那里，借敌人之手杀害了。可是两个法家打得不可开交的事也是常有的，武侯六出祁山打谁呢? 就是打法家曹魏这边。"四人帮"当时搞评法批儒是冲着周总理来的，他们想变法，改祖宗的章程，这是政治斗争，他们的观点也很实用主义，我虽然不以为然，但是也得交作品。

我就把政治斗争变成戏剧故事，大家听着过瘾就得。根据《三国演义》里的章回，讲了曹操马踏青苗割发代首的故事，全部身段按京剧侯派讲。侯喜瑞先生是京剧架子花脸的泰山北斗，做工独步一时。曹操的马行走在麦田之中，被突然飞起的斑鸠惊了，失去缰控，踏坏了大片的麦苗。当时中原连年战争和饥馑，民不聊生，曹操去攻打宛城张绣时，见道旁麦田青苗，发出军令，有踏坏青苗者，格杀勿论。没想到他自己的马把麦苗踏坏了，怎么办？法家曹操拔出宝剑就要自刎，当然不能太快，得给下边人一个劝阻的机会。最后经过部下死劝，曹操割下一缕头发号令三军。按照侯派的演法，马踏青苗是以趟马为主的舞蹈，难在他不是像芭蕾那样穿得跟没穿一样，而是一身累赘：蟒袍、玉带、相刁、厚底儿、髯口、马鞭儿、令旗、宝剑要在舞蹈中运用得当，丝毫不乱，一气呵成。我比不了侯先生，可是能说个热闹，大家知道曹操在马上这份儿折腾就行了。

这故事的卖点在于斑鸠突然飞起的振翅声，马的嘶叫声，曹操拔出宝剑的紧张，我用评书的顶针贯口形容曹操的剑"杀人不见血血不沾刃刃菲薄"，然后再把曹操假戏真做，部下死劝讲个明白。一共半个小时，全厂脱产当政治任务来听，还没过完瘾，故事完了。为练这半个小时我可以一个月不上机床。

我还讲过一个王安石三难苏东坡的故事，是按照冯梦龙的"三言"原本讲，当然精彩，只是太过文雅，给工人听不如马踏青苗火爆。这就对了，因为不见有三难苏学士的戏文流传。那个年代真是充满荒诞与浪漫，毛泽东一谈《水浒》，各单位一人发一套《水浒》，毛泽东还谈了《金瓶梅》，下面没敢买，也买不着，只有局级以上干部可以买一套。我那个时候盼望着毛泽东谈一下满汉全席，各单位好以公款到仿膳撮一顿。但是他老人家只谈政治，不谈饮食文化，始终不给机会。

钓　蛙

　　田鸡，青蛙之别名，肉味美，口感介于小柴鸡儿和鱼肉之间。钓蛙比钓鱼容易，因为青蛙捕食不以味道做判断，而是以活动物体为目标，凡是活动的，别太大了，它都捕食。钓蛙者只要有一根小竹竿，拴一节细绳，末端系上诱饵就差不多了。钓蛙时站在稻田里或是沟渠旁，在青蛙活动之处上下抖动钓竿，一会儿就会有青蛙上钩。

　　这手活儿是大鹏传我的，他带我到他奶奶家，就是现在的双井一带，那时候那里到处是苇塘和稻田，我们就在他奶奶村旁的一个苇塘里，就地撅取喇喇蛄做钓饵，不一刻就收获颇丰。那次钓蛙后我上了瘾，盖因当时没有钓鱼场所，钓野鱼交通不便，钓蛙更便捷。大鹏没有我瘾大，他宁可坐在饭馆里喝冰镇啤酒也不愿意去受跋涉之苦。所以我就经常单枪匹马出没于郊外。

我那个时候出城钓蛙都是按照明清两朝作战的习惯出安定门进德胜门。那时候潘家园、百子湾也都在我的活动范围之内。有一天我冒着滂沱大雨在东郊百子湾钓蛙，见收获不大，马上又赶往北郊小关，再转往更北面京昌公路旁的北沙滩。终于大获而归。我也曾于夜间往海淀六郎庄、晾甲店，然后折返向东，从北沙滩一路钓回。这一带据说是当年七郎八虎闯幽州的古战场，北沙滩就是当年大战的金沙滩。杨家将几乎全军覆没。

一路回来天已放亮，人困马乏，回家倒头便睡，醒来之后，收拾青蛙，下锅烹调打包，赶紧带往工厂请赵师傅和朋友们分享。

青蛙的诱饵不用鱼钩，我是用线穿蚯蚓为半环状，因为它叼住饵后如不受到惊吓不会撒嘴。把青蛙提出藏身之处后，要用一个口袋接住，一般到了口袋上方，它也就明白了，一张嘴，正好落入口袋里，省了摘钩的时间，诱饵可以反复使用。我还曾经把我老妈的一条的确良裤子改成了口袋钓蛙用，比面口袋轻多了，非常好使。我向同好推荐，可没一个人采用的，因为他们的母亲大多不愿配合。

做青蛙我过去一直用两种方法，或油炸，或酱油烹。有一天我钓了几十只蛙到沙鸥家，他用郫县豆瓣煸炒，佐以翠绿柿子椒，风味殊异，鲜美可口，从此我改为川味。

大鹏的父亲是渔猎高手，他还介绍过一种钓黄鳝的办法。用自行车车条弯成钩，磨锋利，穿上粗大的黑蚯蚓，在稻田畦坡上找到黄鳝洞后，把车条捅进去来回抽动，黄鳝会凶猛吞食。拖出黄鳝后，要迅速用拇指按住钩门，防止脱钩，然后将黄鳝放入事先准备好的篓子里。一天钓十几斤黄鳝是没问题的。那时候的黄鳝就很贵，合现在几十块钱一斤。可惜我不识鳝洞也只好作罢。

现在想听听青蛙叫都成了一种奢侈，可能是农药打得太多了吧，也可能是苇塘和稻田离我们越来越远了。没有蛙鸣的炎夏，少了一种鼓噪，也多了一份寂寥。

在宫里行走

　　七十年代故宫开放明清绘画展，这个消息我还是听从黄山来的画家、住在爷爷家的张仲平先生说的，他是专程来北京看这个展览的。花一毛钱门票，在宫里随处走走，空旷得很，几乎很少看见游人。明清画展就在绘画馆里展出，那些大师的真迹近在咫尺。徐渭的墨葡萄、八大山人的山水我都有幸看过。小垣从北大荒回来探家我也陪他去过。我自己更是无数次在那里流连。如今多少次想重游，一见蜂拥的游人不由望而却步。

大惊小怪

我到了写诗的年龄。每个人都有这个年龄，只是有人忘记了，有人不愿提起罢了。这个年龄并不平均，有的人来得早，有的人来得晚，有的人来了又去，有的人来了一辈子都去不了，就成了真正的诗人。最可悲的是有人一辈子都没来过。

我写诗最早受各种豪放派的影响，喜欢夸大自己的感受，当年自以为只有这一种写法，现在看起来还有很多种写法。从东北回来后我怀念那个不耐寒风的马架子，就写了一首诗，请沙鸥指教。他帮我改了，主要是把我的语感改了，我不知天高地厚，当场表示了不满。可是他没有计较我的态度，对我的诗提出了非常诚恳的意见，这些意见我现在也许仍然不能接受，但是他的胸怀和品格却让我折服。如果一个无名之辈对我这样，我肯定会还以颜色。

沙鸥的小儿子进文（后来的散文家止庵）已经上高中了，我们成了好朋友，经常在一起谈诗写诗。他有很好的功底和极高的鉴赏力，读书之广、之深很少有人能比，初中的时候就写过几十万字的长篇，那时候他迷恋老舍，写的都是很实的东西。后来他喜欢卡夫卡和博尔赫斯，不知为什么就不再写小说改写散文了。

据他回忆他开始写诗是由于和我春游了一次，我们俩去了趟颐和园。我们在西堤一带流连，回来后每人写了几首山水诗。他的比较含蓄，有乃父遗风；我的比较爱国，疑是义和团后人。我记得我笨拙地把玉带桥比喻成被屈辱的历史压弯了腰的罗锅。

那个时候没有任何发表的可能，写作纯粹是两个年轻的生命要表达活着的感受，这些感受在别人也许不说就是了，而在我们则是把表达当成生活。止庵说这是"无为而为"，就是没有目的的行为。不为了什么而为之。在那个一点也看不到希望的年代里能这么俗尘不染地保持一种活法，不是一件容易的事情。他先是见什么都能写诗，一九七八年三月一日北海在关闭很多年后重新开放，几天后我们重游北海归来，在故宫北门的一个馄饨摊上填饱肚子，他写诗给我说"烧饼馄饨就着话语"，让我感动。我的感觉神经也张开了，我给他写了一首诗，描述了一封信落进信筒里的声音。为了看玉兰，我跑遍了北京城，从中山公园到颐和园，后来在颐和园乐寿堂到听鹂馆之间发现了一株紫玉兰，更是像发现了新大陆一样惊喜。其实就是大惊小怪。像那样精力过剩的日子再也不会有了。

我跑遍新华书店去寻找诗集，老的没有，新的只有李瑛的《枣林村集》，后来又出了《红花满山》，我用从沙鸥那里听来的诗论来分析李瑛的特色。我把同院的大鹏当作听众，宣讲我的诗歌理论。大鹏曾经受到我的哲学布道，成为哲学爱好者。过了几天，我听见他正在给一帮包括他弟弟在内的孩子们讲述他从我这儿趸来的诗论。好在那些孩子没有一个想写诗的。他们只是觉得我们有点可乐。

我写了一首抒情叙事诗投往《诗刊》，是写两位水文工作者在雨中边工作边恋爱的。大鹏不服，写了一首很硬朗的诗，他用他火车司机拉汽笛的手，敲响了《诗刊》的大门，他也投了一首，很快《诗刊》给他来了一封热情洋溢的信，虽然作品没有采用，但是鼓励他这个工人诗人出更好的作品。而我的那首呢，泥牛入海。我开始困惑，是不是我没有诗才呢？或是社会永远不需要我这样的诗？

兵团战友赵振垣回家探亲后，在我的影响下也开始写诗，他有很好的文学功底，写的诗很快得到沙鸥的夸奖。而我的他从来没有夸过。止庵更是一发不可收，他和父亲从武汉出发，溯长江而上，直抵重庆，一路写了大量山水诗，编成《二人集》，那时候他用的笔名是方晴。那是很纯粹的诗，让人羡煞。我意识到我的所谓诗不过是一些青春的喧叫而已，我根本就没有开窍。这对我打击太大了，一下子再也找不到感觉。

那个年代是令人压抑的，一切都是倒行逆施，黑白颠倒。文学没有出路。诗歌都那么艰难，而写实的小说就更难写了。正在我一筹莫展的时候，一场突如其来的灾害把我从梦中唤醒。

一九七六年七月二十八日拂晓，强大的地震波从唐山传到北京，房倒屋塌。北京笼罩在混乱与恐怖中。我那时候那么想活着，生怕被地震夺走生命，不像这两年对地震都麻木了。冒着余震我骑车去看望亲友，第一站就是位于小街的势孤力单的止庵母子，他家里人都不在北京。进文很感动，他找出一瓶啤酒，我们想在世界末日到来的时候一醉方休。后来在他母亲的劝说下改为如果我们能活着度过灾难，再喝这瓶酒。第二站从东直门南小街到呼家楼叔祖父家探望，他的房子在当时是质量最好的，人很安全。第三站从呼家楼到骡马市大街祖父家去探望，正赶上余震，我扶着祖父出来，在楼道里不小心滑倒，祖父稳如泰山。我暗暗埋怨自己无用。把他们安顿好，第四站去看望住在北池子大姨父家的姥姥。一切都无恙，我才返回家。这时候余震又来了，眼瞅着对面的白色简易楼左右摇晃。大家都跑到了东安门大街上，这时候下起了雨，我和母亲妹妹躲在一个塑料布支起的小棚子里，心想完了。

大雨过后是晴天，太阳烤得人难受，塑料棚子成了蒸笼。我们全家流落街头。那些有办法的人纷纷在街头很快支起防震棚。连天安门广场和中山公园、文化宫里都是密密麻麻的防震棚。还是大鹏的父亲李伯伯救了我们，他和同事从工厂领来救灾的帆布和杉篙，在北河沿搭起了一座可以容纳三家人的帐篷，收留了我们一家。

我惭愧极了，因为我对救灾一点办法也没有，工厂的救灾物资我只领回一根塑料管，派不上用场。我父亲连回来都没回来，越是地震他越积极，值班。几天后轮到他回家的时候他差点找不到我们。我还记得下雨的时候，雨水哗哗地从我们的床下流过，把鞋冲走。

谢小然列传

　　地震过后我突然对生命有了一种体验，它是那么脆弱易折，一个物质的生命是否真实？一个精神的生命难道就不会存在吗？这种感受二十多年后被我在话剧《棋人》里表现出来。我开始找人下棋，不带任何功利，就是下棋。经象棋闻人马金泉先生介绍，与象棋国手谢小然先生相识。

　　谢小然先生，河北武清人，少离家游京师，以象棋残局在东安市场设擂，无人能胜。盖因能胜者不砸江湖人的饭碗，不能胜者屡试亦不能。赢资先生用来打台球喝白兰地，潇洒快活。先生也与人对局，会遍京师高手，鲜有人能与敌，遂成北方代表。曾与南方大师杨官麟先后对局三次，一胜一负一和，平分秋色，遂有南杨北谢之誉。

先生年迈后，其实也就是五十多岁起，血压高，遂不下象棋，因输不起名声。先生常说：我赢了你们没地方说去，你们赢了我，到处说去。所以只说棋不下棋。但是争胜的本性很难泯灭，他便转向围棋。围棋他是业余，没有包袱，但是输棋一样让他血压增高，他就想出一个必胜之法。那就是调整棋份儿，比如应该分先，他叫你让他一先，应该让先，他叫你让他两子。他应该让你两子，他只让你一先，甚至和你对下。很多人要份儿，面子上好看，但是一旦落入谢老的手中，谁受罪谁知道。他让每个人下棋前，先把以前的比赛成绩报上来，一胜一负互相冲抵就不算了，只把净负盘数报上来。多的有输他上千局的。比如：让先的三十五盘，两子的六十盘，三子的一百五十盘，等等，几乎每个跟他下过棋的人在他那里都是输得多，于是他就把这些棋友戏称为死管队队员，凡是总数上输给他的他都管人家叫队员。

令人难以想象的是连聂卫平先生都是他的队员，而且是六十年代入队的老队员。据他说是在赴外地比赛的火车中，聂卫平让他两子，他赢了。也有讹他账的，一报数，少了好几十盘，他发现后会连挖苦带损。他的死管队里有上百名队员，经常跟他对局的有几十名队员。每个人跟他都有几十盘到上百盘的欠债。我曾经问过他是如何能记清这些账目的，他说主要是凭感觉。凡是心里有鬼的，必定带相，发现破绽后要连蒙带诈，几声"不对！好好想想！"对方就会乱了方寸，以为你真的私下有个账本。还有的一紧张多说了几盘，更是哑巴吃黄连有苦说不出。

地震前两年我就和他下过棋。他过去住在鲜鱼口里南小顺胡同，这条胡同的原名是南孝顺胡同，因为解放后反对忠孝节义所以用谐音改成小顺。像这样的例子很多。比如屎壳郎胡同，改成时刻亮胡同，时刻都亮，想得挺美，那得费多少电呀。

他不跟家人同住，家人另外有住处，他一个人住在一个大杂院里的西北角上，一间窗纸破烂的小屋，有一个洋铁皮的煤球炉子，不安烟筒，炒菜取暖全是这个炉子，添煤的时候把炉子端出去，怕煤气熏着人。我曾经要帮他搬炉子，快七十岁的他谢绝，说你不熟悉，还是我来吧。这个炉子和小屋的气氛不知不觉地成了《棋人》中何云清的家居环境，连那张沾满油泥的黑色八仙桌都是。总之一种潦倒，一种苍凉始终萦绕在那间屋里。我猜他躲开家人就是为了下棋。

来他家下棋的人三教九流都有，既有知识分子，也有劳动群众。每个人坐在他面前，除了报数以外，还要听他宣讲"三原则两类重要性"。我现在还记得三原则之一是互不干涉自由，就是对局双方有人身自由，可以喝水、上厕所、抽烟、吃东西、说废话、挖苦对方、做鬼脸，总之他希望气氛活跃。废话以他的最富哲理。比如人家让他子，他赢了会说："吴淞笙我让九子，到时候赢不了，一子不活，管什么用？得看结果，下什么呢？下胜负的。"他用赢棋的事实来抵消你的棋份。请注意他总是拿吴淞笙抖包袱，从来不用陈祖德。如果有人输了不服，要求复盘，他会说没用，有这工夫再下一盘。有人说如果那样那样走我就赢了,他会说那你为什么不那样?输了就是输了。这是围棋,要是打仗这一着错,你命都没了,还能哪样儿?如果众人都参与意见,他一句话就能平息争论:"吵坑!"大伙儿成蛤蟆啦。

在他的各种计谋下,他成功地实现了用围棋降血压。只是偶尔他也有血压升高的时候,那就是输棋了,鼻尖上渗出汗珠,手在棋盒里哗哗地抓着棋子。你也可以抓,互不干涉自由嘛。不过没人抓,只有他抓。

他的棋风古朴,属于力战型,一般人不是他对手。见棋就"一别一扭一断",实在没得断了他自己把自己的棋断了,增加作战的复杂性。美其名曰"棋逢断处生"。

终局数子的时候他不让换子,能做多少做多少。他说这是经验教训,因为有人在换子的时候变戏法,藏过他的子。经过他的调教,所有来他这里下棋的人都会把心思放在实战对局上,并且对成绩很在乎,这里不谈玄,不讲理论,只讲实战。因为有三原则管着,也很少发生争执。他家的棋局能历沧桑而不衰,跟他对棋友的诱导有关。但是由于来找他的人太多,也曾引起派出所的注意。但是他人缘好,街坊邻居都挺关照他。这么多人跟他下棋必须得预约,那时候电话不像现在这么普及,一般一条胡同里有一部公用电话,非常不便。只能当面来约。

马金泉带我来的时候好像是十一放假期间,阴天,有点凉。谢老光着膀子,拿着一根旱烟袋,与我祖父那种儒雅完全两样。他咕咚咕咚喝了两口凉茶，问我："你爷爷让几子？"我说："是爷爷还是三爷？"他说："都一样，他们让子棋的功夫差不多，可能你爷爷还要利害些。"我说："四子。"他说："怎么样？"我说："差不多。"他有点不爱听了："到底怎么样？什么叫差不多？老不说实话！"我咬住牙关不撒嘴："就四子！"他笑了："摆上两子！"马金泉暗地给我使眼色，他知道让两子我不够。可我不知厉害，要份儿，两子总比三子听着要好些。我就装没看见，结果三盘下来，我全输了。谢老说："你爷爷让四个你不够。下次再下，你还可以下仨的。"我说今天就到此吧。谢老又不干了："你棋量不行。"我头一回听到还有棋量之说。原来他为了我推了别人，所以要下到夜阑人静才能罢手，现在我不下了，他又不能临时找人来下，瘾没过足。我真的头直晕。他嘲笑我。说："得练。"后来我再去就跟他下一整天。

由于条件的限制，他只招待开水，不管茶叶不管饭。经常有棋友自带茶叶和烧饼夹肉，到那里沏上一杯酣战到夜半。渐渐他对我破了例，说："花茶、绿茶，自己拿。"他喝好茶，绿茶有龙井、旗枪、君山银针、碧螺春。我就不客气地享用。后来吃中饭的时候他不让我去外边打尖，让我跟他凑合。我看看他的厨房和卧室兼用的空空如也的一间小房，表示怀疑。他说你等着，不一刻他找出一斤包子，把火捅旺，在铁锅里放了一勺子猪油，把包子放进锅里炸起来。那个时候油的供应是定量的，每人半斤。根本不够，只能拿肥肉来化油吃。我说："您血压这么高，吃猪油不好吧？"他说："甭听那个，猪油长在猪身上，猪怎么没事？"我一想也是。吃吧。可是我忘了，鹿茸长在鹿身上鹿也没事，你吃一根我瞧瞧。这话可惜我今天才想起来，要是当时说给他听，他得表扬我。一大盘猪油炸的包子金黄金黄的，我吃得很香。他很费力地吃着，说："牙完啦。"他的牙齿已经开始松动脱落，他也不去医院，有去医院的功夫他又下两盘棋。

有一天我去找他，隔着窗子一探头，见他正躺在床上读《史记》，不觉对他平添一种崇敬。

后来他也问我一些单位和个人的事，我的回答如果言不由衷的话他马上会抓住破绽，毫不留情。渐渐地我养成了正面回答人家问题的习惯。后来我不去，他就想我，常常我去了，他就把棋盘一推，跟我聊人生。

他甚至把他好不容易预定好的棋局让给我下，他在一旁评头论足，总挑我对手的不是。他希望我赢，一旦我陷入危局，他鼻子上先冒出汗来。

祖父听说我老去谢老家后，在一个暑热难当的夏日，专程到他的斗室来，和他下了两局让两子的棋，二老一胜一负皆大欢喜。我没想到祖父能让谢老两子。那一年祖父已经快八十了。送祖父出来，祖父说："我替你还了情啦。"

我考入《北京日报》新闻训练班后，和现在是我的妻子的她有了最初的接触，但是不大顺利，我猜不透她怎么想的，没有信心。我把她的表现说给谢老听，他肯定地说："行啦！"我问："为什么？"

他说："行啦，还为什么。"后来果然行啦。我说给她听，她非要见谢老。我就带她去了。谢老笑容满面，每一条皱纹里都藏着得意。

后来体委给他分了两间新楼房，家里人不让他单住了，对他的饮食起居控制起来。特别是不让他下棋。我去看他，棋盘棋子都不见了。他穿着一身整洁的衣服，表面的幸福后是一种不适应。他说："不能下棋，说会儿话吧。"话语里有种只有我才能听出的惆怅。

不下棋了，他的身体并没有健康起来，不久他就去世了。

十字路口

正在我昏天黑地下棋的时候"四人帮"给抓起来了。第二年恢复了高考。我工厂中要好的朋友都去应考,他们大多是学院子弟,早就开始补习功课。我放弃了,因为我的数理化不行。他们第一年也有没考上的。令我佩服的是止庵,他小小年纪就以优异成绩考入北京医科大学,在口腔专业攻读。他走的是和鲁迅相同的道路。我很替他高兴,因为要是按出身论来说他和很多人都没有资格进入高等学府。那时候大门只向工农兵打开,由领导指派,不用考试。我在取户口回北京的火车上就看到过一个兵团的工农兵学员,他人显得很没文化,举止粗俗,在车厢里大声向旁边的人说:我上清华自动控制系。这一幕给我的印象太深了。

毕竟社会开始往好的方向变化，人的命运渐渐变得可以由自己来掌握了。我在想我这个不称职的工人是不是也该改行了。

一九七八年第二次高考的时候，我的好友，在六角车床干活的赵健时考上了他父亲曾经执过教的让他梦魂牵绕的北京钢铁学院。这时候车间的广播里传来了管团委工作的张振义的声音：北京日报社、市委党校和人大新闻系招考新闻训练班学员。凡二十六岁以下，有志于学习新闻写作的人均可报名。赵健时问我为什么不报名？我说我对新闻不大清楚，我怕考不上。他说你去考一次能损失什么，大不了回来再干你的动平衡。他是在淋浴室劝我的。冰凉的自来水把我浇得直哆嗦，可是他的话点燃了我胸中微弱的火焰，我也到了一个人生的十字路口，该选择一次了。

我擦干了身子到楼上团委报了名。因为我们厂学院子弟多，那一年一下子有几十人考上大学。这个小小的没有文凭的新闻班没有人看在眼里。结果只有我和另外一个兵团回来的女工报名。张振义很负责，一直盯着考试通知送到我们手中。考试那天我大喜过望，他们不考数学。古文翻译我几乎拿了满分，语文常识我也得了高分，政治考得不好，一道二十分的理论题只拿了九分。最后根据时纯利的报告整理的通讯《难道文化大革命就是为了打倒一个掏粪工人？》得了中上等的分。我被幸运地录取了，那个女工由于没有过分数线不幸落榜。幸好我们的厂长张玉祥是个开放型的领导，他支持青年人去报考大学，厂子为这些将来不可能回厂的人搭上工资在所不惜，他考虑的是对整个社会有利。我就是沾了这种良好气氛的光，才能躲开那些不想让我去受训的人事行政干部，脱产去新闻班的。

这只是去受训，并不转档案和工作关系，一切要等一年后，根据成绩安排，有的人可能要回到原来的地方。但是毕竟一个新的机会来了，它总算是跟写作有关系的一种工作。

一九七八年十二月四日，离我二十六岁生日还差八天，我用自行车驮上跟随我去过北大荒的行李到市委党校报道。从此，一条新的陌生的道路在我前面展开了，等待着我的究竟是什么呢？一个热衷于小说的人跟新闻会有多大关系？谁也不知道。

跋

　　小时候从隆福寺买一鸟，手握而还，至王府井家中，兴冲冲准备入笼，却发现鸟已死，手心全是汗。紧张所致。那时候吃饭也是一头汗，体虚也。上山下乡干活，也是常出虚汗。至中年每遇陌生环境及棘手之事，也是虚汗。忽一日，再不出汗，无论虚实，原来老矣。老而无汗并不全是淡定，还有一部分迟钝、耳顺、厚颜，无所谓，不管怎样，平静多了。有时也常想有汗之青年时代。能出汗也是一种爽啊。听说日本现在办公室有空调病，症状之一就是无汗。人的平衡机能都被破坏了。

　　这次所收散文有相当一部分是旧作，如何分辨？凡是提到物价，三十倍于前的都是旧作，大概写于二〇〇〇年；凡是一百倍的，大概写于二〇一〇年以后。通货在膨胀，而时间却在缩水。叔本华说人五十岁的一年只相当于五岁时一年的十分之一。也就是我们活得越久，时间消失得越快。他还说，人经历的事情越多，能记住的事越少。我经历的事不多，所以鸡零狗碎还记得一些。但是有的涉及人的却又难写，有通情达理的，随你去写；有较真的无论褒贬都不希望你提及。今人不如古人好说话。原因是信息太发达。信息虽发达，然而人对人生却并无多少见识，所见者都是表象。我自幼年起就对生活的真相充满好奇，然而很多事到了老年也仍然不甚了了。有些当年看不清的现在倒是一下有所悟，而在当年却是百思不得其解。不过，真相已经不重要了，真相是很难抵达的。我对当年遇到某事的感觉倒是还能记得，遂略记一二以成文。

回头看这些文字，忽然又有了出汗的感觉，看来，紧张是我一生难以克服的了。最后，编辑用一个书名缓解了我的焦虑，就用这个名字吧。